窓際社員は二刀流

白鳥つばめ
SHIRATORI Tsubame

文芸社

窓際社員は二刀流

第一章

「君の面接は最高だったよ」

急に本部長に呼ばれ、こう言われたのは、昇進試験が終わってすぐの時だった。

本部長の横に座っていた総務部長も、感心したように俺の顔を見て頷いていた。

「よし、これで課長になれる」

心の中で小さくガッツポーズを取り、足取り軽く自分のデスクに戻った。

家に帰ると妻の佳代が、いつもと変わらない様子で夕飯を作っていた。

「おかえりなさい」

「あのさ、今日、本部長に呼ばれてさ、この前の面接は良かったって言われたよ」

「へー。そうなの」

「今度こそ試験に受かると思うよ」

「それはどうかしらね」

「受かるに決まってるよ。だって本部長がそう言ったんだぞ」

「本当にそうかしらね。で、いつ結果が分かるの？」

「さあ、来月の今頃には分かるよ」

「五十歳近くにもなって、課長にもなれないなんて、本当に何やってんの？」「年収三百万円のくせに私に結婚を申し込むなんて、本当にずうずうしい」「今度こそ、絶対に、課長になってよ!!」

佳代は国立《こくりつ》高校を卒業し、全国でも有名な私立大学の法学部を出ており、事あるごとに「結婚して損した」と俺に言っているので、正直この頃少し俺も参ってしまっていた。

俺も、入社する前は、三十代で係長、四十代で課長、五十代で部長にくらいにはなれるだろうと少したかをくくっていた。が、この年になって課長になれないとは正直思っていなかった。

俺の勤める会社ハイランド物産は大企業で、一九八九年に入社した俺は、バブル期の大量新卒採用時代にたまたま入れたに過ぎなかったのかも知れなかった。ハイランド物産は、日本を代表する商事会社で、今では本当に日本で超名門と言われる大学の卒業生でもなかなか入社する事ができず、たとえハイランド物産とのコネがあったとしても俺の学歴では絶対入社できない、学生達の憧れの会社であった。

＊　＊

そもそも俺はこの会社の採用試験を地元の大阪で受けていたのだった。

「君は勤務地の第一志望を東京と書いているが、どうしてかね」

「はい、社会人の第一歩を日本の中心である東京で踏み出したいからです」

最終面接で俺はこう答えた。

恐らく、このやり取りが合格の決め手になったのだろう。もちろん、入社後の青写真など描いた事は一度もなかった。

当然、ハイランド物産で着物の生地を織物会社に卸すという最初の仕事は世界の一流ブランド企業相手の仕事ではなく、興味が湧くはずもなく入社後一年で人事部に異動希望を出した。

「谷田文彦さん、横浜の子会社への転籍を命ず」

「え!!」

俺が二十四歳の時だった。

「君。東京に帰って来られると思うなよ!!」

「…………」

「えー、今度東京から来た谷田君だ」

「谷田文彦と申します。どうぞよろしくお願いします」

横浜の子会社は、東京の親会社と同じ業務を行っている小さな会社だった。

従業員は五十人程で親会社の百分の一程度の規模で、良く言えばアットホームだが、悪く言えば噂が一瞬で広がる村のような会社であった。

平成の前半には個人情報保護法などまだなく、人事部が流した俺の情報は、俺が着任する前に、全従業員の半数以上に知れ渡っていた。

妻の佳代は、当時、この子会社で昼から夕方までパートとして働いていて、俺が昼休みに休憩所へ行くといつも弁当をそこで食べていた。

顔は丸顔で目がぱっちりとして可愛らしかったが、勉強ができそうな聡明さも漂わせていた。

〝二十五歳を過ぎると三十歳なんてすぐだよなぁ。三十歳で結婚なんかできないなぁ。一生独身……？！！〟

俺は不安と焦りの日々を過ごしていた。

「ねえ、名前は？」

「佳代です」

「もしよかったら電話頂戴」

俺は佳代に紙に書いた自宅の電話番号を渡した。

佳代から電話がかかってきたのは、それから五日後の深夜、二時頃だった。

「もしもし」

「私、誰だか分かる？」

「佳代さん？」

「ねえ、何してるの？」

「寝てた」

「本当？　本当に？」

「本当だよ」

「急に電話してごめん」

「うーん、大丈夫」

「何か不安で」

「何が？」

「うーん、もう大丈夫。明日は？」

「仕事」

「また、電話していい？」

「うん、いいよ」

「よかった。おやすみなさい」

「おやすみ」

その後、佳代が夜中に電話をかけてきたのは、一度や二度ではなかった。

「ねえ、何してる?」

「寝てる」

「嘘!! 女がいるでしょ!!」

「いないよ!!」

「絶対そこにいるでしょ」

「いないよ!!」

「絶対、だって女の声が聞こえるもん」

「は? 何言ってるの?」

「いないの? 本当にいないの?」

「いないよ」

「ごめん。おやすみ」

「じゃ、明日、おやすみ」

佳代とは夜中の電話でこんなやり取りが一週間に一度くらいで続いた。もちろん、俺は翌日の仕事に支障が出ると思っていたが、佳代との縁を切ると、二度と結婚できないと信じ切っていた。

佳代は、繊細な割に大胆で、夜の公園では周りも気にせず舌を俺の口の中へ入れてからませてきた。もちろん俺も指を佳代の股間にすべらせ、花弁をやさしくなで、みずみずしい花弁が開くのを感じながら、時が静かに流れていくのを楽しんでいた。

そんな夜を幾度か過ごしたが、一日中、佳代と一緒にいる事はなかった。

「なぁ、佳代、今度のバレンタインデー、どうしよう」

「ファンタジーランド行く？」

「いいね‼　行こう、行こう」

今まで俺はファンタジーランドとは無縁の生活をしてきたし、バレンタインデーにチョコレートすら満足に貰った事もなかったので、どう佳代に振る舞えばいいのか？　そもそも、どんなファッションをすればいいのか？　あれこれ考えても明確な答えを見つける事はできなかった。

「バレンタインのチョコレート作るから、前の日、会社が終わったらすぐ来てね」

「うん、分かった」

佳代と約束をしていたバレンタインデーの前日、朝一番だった。

「谷田さん‼　二番にお客様から電話‼」

「お電話代わりました、谷田です」

「谷田さん、どうなってるんですか？」

「はい？」

「はい？　じゃないだろ‼　この前谷田さんから紹介されたソフト、パソコンに入れたらフリーズして動かなくなったじゃないか!! どうしてくれるんだ!!」

いつもは紳士的で、ものごしのやわらかいハイランド物産一番の得意先の営業部長の根岸が、ものすごい剣幕で怒り狂っているのが受話器越しに伝わってきた。

まずい!! 何はともあれ根岸の元へ駆けつけなければならない。俺は電話を切るなり、「行ってきます」と行き先も告げずに事務所を飛びだした。


根岸はイライラしながらデスクトップパソコンの画面を見ていた。

この日、根岸は大型投資案件の資料を持って最重要顧客の元へ行く予定だった。

根岸のオフィスに行くには車で三十分はかかる。

首都高速を飛ばし午前十時過ぎには彼のオフィスに着いた。

「根岸さん、おはようございます」

「谷田君!! 困るよ。今日、午後一時にお客さんの所へ行くのに!! さっき何とか頼み込んでアポを夜八時に変更してもらったよ」

「申し訳ありません。いずれにせよすぐに対応します」

と言ったものの、俺はパソコンは得意ではなく、そもそも根岸に薦めたソフトは俺の大学の友達が独自で開発し売り出したソフトだったので、ものが良いのか悪いのかも俺にはよく分からなかった。しかも薦めたのは彼を接待した飲み屋の席で、酒もかなり飲んでいて、どのように根岸に薦めたのかさえ全く覚えていなかった。

(困ったなぁ、どうしよう……。なんで……)

俺の頭の中でこの三つの言葉が堂々巡りをするだけで、時計の針を止める事はできなかった。

「もしもし、川田？」

俺と川田は大阪の大学で経営学のゼミ友達だった。

「おう、谷田どうした？」

「あのさ、お前の開発したソフト、お客さんがパソコンにインストールしたらフリーズして、パソコンが全然動けへんねん」

「へえ～、ほんで？」

「ほんで？　やあれへん!!　お客さん、今日大事な商談があって、資料プリントアウトでけへんかったら大変やねん」

「ふーん」

「ふーんやあれへん」

「で」

「『で』やのうて、頼むから来て見て欲しいねん」

川田はいたって他人事のようだった。

俺はイライラして声を荒らげかけたが、何とかして抑えて必死に川田に頼み込むしか、この場を切り抜ける事も、大切な根岸を守る事もできなかった。

「そんなん言うてもなぁ……。俺も今日は予定があるしなぁ。明日じゃあかんの？」

「あかんに決まってるやん、頼むわ、頼むから!!　とにかく来てくれ、頼むわ」

「ふーん、そうか。行ったら何してくれるん？」

「何でもするから、頼むわ」

「ほな、赤坂の行きつけのクラブで奢ってくれる？」

「え？」

「だ・か・ら、赤坂の俺のあの店で奢ってくれるんか？」

「わ……分かった」

「何時やったら来れるん」

「場所、どこ？」

「二子ヒルズ」

「ヒルズか……。頑張っても夕方五時過ぎやな」

「え？　もっと早よならへん？」

「無理や、俺かて今日大事な用事があるねん」

「分かった」

同じ大学のよしみで酔った勢いにまかせてソフトを薦めたばっかりに……。正直涙がもう少しで出そうになった。

「根岸さん、本当に申し訳ありません」

「谷田君、どうしてくれるの？」

「このソフトの開発者、川田という者に、見てもらうように依頼しました」

「で、その人は何時に来る？」

「本当に、申し訳ありませんが夕方五時頃になりそうです」

「五時頃？」

「はい……」

「もっと早く……？」

「本当にすみません。頑張ってもそれ以上早くには来られないと……」

「谷田君、君は今回の件についてどう責任を取るおつもり？」

「どう……と言われましても……」

「谷田君!!　私はねえ、君の言った事を信用してこのソフトを買ったんだよ!!」

「…………」

「確かに、酒の席での話だったけど……」

「…………」

「申し訳ありません。とり急ぎ夕方まで私にできる事をさせてください。お願いします」

「谷田君。君がそこまで言うなら……。分かった。万が一の為にこれから今日の資料を私が口頭で指示をするから作るのを、手伝いなさい。よろしいですね」

「はい……」

この時点で俺は、今日、佳代との約束を果たせなくなってしまった。

＊　＊

「もしもし、営業の谷田です。部長をお願いします」

「はい、谷田？　どうした？」

「実は、私が薦めたソフトのせいで、お客様のパソコンにトラブルが発生し、その対応で事務所に戻るのが午後八時になりそうです」

「何？　午後八時？　分かった。事情は後で詳しく聞くから」

「はい、申し訳ありません」

根岸は自分が作った資料がどのようなものだったか完璧に頭に入っているらしく、口頭で俺に指示を出した。

俺は根岸に言われるがままにパソコンで彼の資料を再現していった。パソコンと言ってもワープロに毛がはえたような代物で、インターネットなどはまだ当然なく、メールでやり取りをするなどはおとぎ話のような時代で、川田が俺に薦めたソフトは恐らく当時のパソコンでは使えなかったと思う。

「谷田君」

「はい」

「ちょっと見せて」

「はい」

「君ねえ、大丈夫？　そこの計算式違ってるよ」

「え？」

「本当、大丈夫？　本当に君、大学出たの？」

根岸はいらいらしながら、私が再現していく資料を厳しい目で見ていた。

午後五時を少し回ったところでその資料ができた。とほぼ同じ頃だった。

「根岸さんー。谷田さんのお知り合いの川田さんという方が受付にお見えですが……？」

という電話が受付からまわってきた。

「通して」

「かしこまりました」

五分程してカジュアルスタイルの川田がオフィスにやって来た。

「よ!!　久しぶり」

「…………」

「初めまして、川田です」

「初めまして、根岸です」

「拝見させていただきます」

「こちらのパソコンです、どうぞ」

川田は少しキーボードをいじったり電源をＯＮ・ＯＦＦにしたりして俺に言った。

「谷田、お前このソフトの使い方、ちゃんと教えた？」

「うーん……」

「何、やってんねん？」

「…………」

「お前なぁ、このソフト、素人さんが扱うの難しいって言うたん忘れてたんか？」

「…………」

「馬鹿か？　お前は」

「…………」

半ば呆れ顔で川田は俺を見ながら、

「根岸さん。このソフト、どのようにしてインストールされました？」

「説明書通りにしたよ？」

「説明書？　もしあれば見せていただけないでしょうか？」

「これだけど」

「根岸さん。ここの所、ご覧になりました？」

「え、ここ？　見てないけど？　そもそもこんな所見る人がいるのかね？」

「さあ。どうですかねー」

「根岸さん。ここに、『このパソコンとソフトには親和性がなく、ソフトを入れるとフリーズする可能性がある。』って書いてありますね」

「あ、本当だ」

「谷田。お前、その事、根岸様にちゃんと説明したんか？」

「…………」

「ほんまにお前、阿呆やなぁ」

「ごめん」

川田の顔には、救いようがない、と書いてあったが、俺は根岸のパソコンが復活してくれる事を祈るしか他に何もできなかった。

午後六時頃、川田がパソコンのスイッチを入れて、やっと根岸のパソコンが動き出した。

「根岸さん、直りました」

「そう、それはよかった」

「じゃ私は用事がありますのでこれで失礼します。谷田!!　約束忘れんなよ!!」

「ああ……」


「谷田君、ちょっと悪いけどお客様の所まで送ってくれないかね」

「はい」

根岸は資料を大事そうにカバンにしまい俺の車に乗り込んだ。

「谷田君」

「はい」

「私の不注意でパソコンがフリーズした事は認める」

根岸は静かに言った。

「しかし、谷田君が納得しない物を薦めるとは、どういう事かね」

「はい。すみません」

「確かに、飲み屋の席での話だ」

根岸は少し語気を強めた。

「だからと言って、自分の言った事に責任を持たないって事はないだろう？　どう思う谷田君？」

「………」

「ビジネスは、いや、人は、様々な時に、いろんな場所で約束をしながら生きていく。違うか？　谷田君」

「はい」

「だからこそ、自分の約束、いや自分の言葉に責任を持たなくてはならない」

「…………」

「自分の言葉に責任を持てない人間は、人として信用も、信頼もされないんだよ」

「…………」

「ここで止めてくれ。ありがとう。それではまた」

「本当に申し訳ありませんでした。失礼します」

＊　＊

事務所に戻ったのは、午後八時を過ぎた頃だった。

鈴本部長は、無表情で新聞を見ていた。

「谷田、今日の事を説明しなさい」

俺は、てっきり鈴本は帰ってしまったものと思っていた。ただでさえ、今日は佳代との大事な約束があるのに。

俺が軽い気持ちで川田のソフトを飲み屋で話したばっかりに、根岸が説明書をしっかりと読んでいなかっただけなのに、このような事になってしまった。

「谷田！　お前、今日は何かあるのか？」

「いえ、特に!!」

鈴本は俺の方をチラリと見て、

「もういい。帰りなさい」

「いえ」

「だから帰っていい!!」

「はい。お先に失礼します」


佳代の家に着いたのは午後九時をとっくに過ぎていた頃だった。

ピンポーン、ピンポーン
チャイムを鳴らしても誰も出て来なかった。玄関の電気は消えており、雨戸も閉じられて家全体が眠りに落ちているようだった。

なすすべもなく、俺は佳代の家の玄関で立ち尽くしていた。終電は午前〇時十一分で、それまでに佳代と話ができなければ、と思うだけで、体が震えてきた。

カチャ。

真っ赤に目を腫らした佳代が、立っていた。

「ごめん。遅くなって」

「…………」

手には、佳代が一生懸命作ったチョコレートの入ったＢＯＸと、俺へのプレゼントのギフトラッピングをしたネクタイがあった。

「来ないと思った」

「…………。ごめん」

「本当に仕事？　仕事だったの？」

「うん。トラブルがあって」

「本当？　本当なのね」

「本当だよ!!」

「そう、明日九時に来て。絶対よ」

「うん。九時に、おやすみ」

翌日、佳代に貰ったネクタイをして、九時に佳代の家に行った。

佳代は、清楚で品のある身なりで待っていた。

「昨日はごめん」

「うん、もういいの」

ファンタジーランドは、一人で行く所でも、男同士で行く所でもない。夢の国、楽しい所、そして、二人の愛を感じる場所で、日常の全てを忘れてしまうファンタジーランドだ。

スーパーマウンテン、東シナの海賊、ビッグサンダーウォール、スプラッシュウォールシー、イッツ・ア・ラージワールド等々。

ワンデーパスで乗れるアトラクションに乗れるだけ乗り、ジャンボドッグズレッツダンス等のショーを見られるだけ見て、最後にナイトファンタジーパレードと夜空を彩る花火を見て、佳代との初めてのデートを俺は心底楽しんでいた。

「楽しかったね」

「うん」

「また来ようね」

「うん、また来よう」

*　*

その後、佳代と電話を頻繁にするようになったり、佳代の家に泊まりに行ったりするようになったが、佳代のガードは堅かった。

一ヶ月程経った三月のある日、いつものように佳代といると、ふと、……佳代と結婚するのかなぁ……。という気になった。

もちろん、俺はその前に何人かの女性に声をかけたし、事実、俺は学生時代アメリカ旅行をした時に出会った幸代と親しくなり、幸代の住む博多までわざわざ飛行機で会いに行き、そして幸代と結ばれもしたが、俺が自分の一方的な気持ちを押しつけて、今で言うストーカーみたいになったので、幸代とは別れてしまった。学生時代の同級生の正子《まさこ》とはドライブをしたが、デートをしている時に全く正子との会話が噛み合わずに疲れてしまっているのに、また正子と会いたくなるという自己矛盾を抱え、ついには正子に連絡することもなく、今では音信不通になってしまった。そしてそれから、二十歳過ぎまで女性と交際した事がない童貞男が陥るであろう、女性に愛されているという感覚に乏しい自分ファーストの男になっていた。

「結婚しようか?」

「しよっか?」

「本当にしようか?」

「そうしよう」

俺は、佳代と結婚する!! そう確信した。

結婚する前に、佳代と履歴書の交換をしたが、佳代の職歴が多く、長期で勤めていない事が分かった。しかし俺は気に留める事はなかった。

「実は、私、自律神経失調症なの」

「え、そうなの」

「今でも、月に一回カウンセリングに行ってるの」

「ふーん、そうなの」

「大丈夫？」

「うん、平気」

俺は、その時自律神経失調症がどのような病気なのかよく知らなかったし、中学の時に出会った人が同じ病気を患っていたらしいが、別に端から見て普通だったので正直深くその病気について考える事はしなかった。ただ何となく気になったので調べてみると、何だかの原因で自律神経機能が乱れ、倦怠感や疲労感、動悸、息切れ、めまい、頭痛、不眠や下痢等を引き起こす病気だということが分かった。もっとも、俺の母親が、いつも夜中の三時四時まで起きていて、午後一時頃に起きてくる生活だったし、面倒が見られないからかも知れないが夏休みは十日から二週間程両親の親戚に預けられていたので、健康的な家族の中で育った訳ではなく、むしろ異常が正常だと心身に覚え込まされてしまったのかも知れない。

むしろ、そんな事よりも、佳代と結婚しないと一生一人で生きていく事になるという恐怖心の方が勝っていたのだろう。

佳代と五月に結婚して半年が過ぎたある日、俺は、東京に出て結婚した大学の学部の友達の高本夫婦を家に呼んで、佳代と四人で鍋パーティーをした。佳代はいつもと変わった様子もなく、笑顔でよくしゃべっていた。高本達が帰った後、俺は佳代が五種類の薬を服用しているのを見てしまった。

「佳代。その薬は何？」

「お医者さんから頂いている薬だよ」

「多くない？　もし子供ができた時、その薬のせいで何か異常がある子が生まれたらどうする？」

「…………」

「薬、飲むの止めな」

「…………」

「止《だ》めだ。絶対止めろ」

「……分かった」

俺は、佳代から薬を全て取り上げゴミ箱に投げ捨てた。

すると、佳代の顔がみるみる青ざめて、心のスイッチがカチッとフリーズしてしまったのか、

「佳代？」

「…………」

「どうした？　佳代！」

「………」

佳代の顔から表情が消し去られ、壊れたロボットのようになってしまった。

「佳代!!」

「………」

翌日から佳代は目が覚めたかどうかも分からない状態になり、完全にベッドから起きてこなくなった。当然、佳代は仕事に行ける状態ではなくなった。

「佳代!!」

「………」

「仕事、辞めろ!!」

「………」

「こんな状態じゃ、仲間に迷惑がかかる」

「………」

佳代は無表情で何も言わなかった。

「明日、会社に、仕事辞めるって言ってくるから」

こうして、佳代はあっけなく仕事を辞めてしまった。佳代の為に面倒を見ていた先輩達は、急に佳代が会社に来なくなった事を不思議に思いながらも、その理由を俺に聞く事はなかった。

「何してるの、佳代?」

「…………」

営業所から自宅に帰った俺は、思わず目を疑った。部屋一面に買い置きをしていた洗剤を撒き散らかし、ゴミ箱に入れてあったものを全て開け広げて、まるで部屋中がゴミだらけになっているその真ん中に、佳代は無表情でへたり込んでいた。

そして、俺を見るなり、俺が会社に入って初めての給料で、俺が会社で一番になるんだとの思いを込めて買った、メルクリンの一等車の客車の鉄道模型を投げつけてきた。

「何するんだ!!」

俺は佳代の髪を引っ張り、思いっきり頬をひっぱたいた。

「この野郎!!」

「うぁ～ん、止めて!!」

佳代は泣き叫び、その声は外にまで響き渡った。

ピーン・ポーン
「どうしました?」

玄関の前に二人の警官が立っているのを見て、俺は我に返り、佳代への暴力を止めるのだった。

一週間後、俺は佳代とアメリカへ飛んでいた。もちろん佳代の症状に変化はなかったがアメリカに行けば少しは良くなるような気がしたので無理矢理佳代を連れて行ったのだった。サンフランシスコからシカゴ、そしてニューヨークを経由してロサンゼルスから東京に帰る俺の夏休み休暇の旅行だった。

サンフランシスコからシカゴまでは全米鉄道アムトラックを使って三泊四日の道のりで、寝台を予約すればよかったのだが料金に折り合いがつかず、普通座席のコーチでの移動だった。

まだ二人とも三十代で若かったとはいえ、アメリカ人に合わせた座席は俺の体にはフィットせず、シャワーも使えなかったのでリフレッシュもできず食事も軽食が九食も続いたので心身ともに疲れ果ててしまった。

シカゴに到着しチェックインしたホテルは事前に日本で予約したホテルだったが、俺には分不相応すぎるくらいの豪華なホテルで、急に俺の貧乏根性が目を覚まし、こんなホテルだと知っているのなら予約するんじゃなかった、という後悔がふつふつと心の底から湧いてくるのだった。

〝とにかく取り返さなくっちゃ!!　行ける所は行かなくっちゃ〟

その日はシカゴ・カブス対トロント・ブルージェイズのナイターを観戦し、翌日朝早くから「地球散歩」を胸に抱えて観光に佳代を連れて出かけた。

天気が良く気温も高く、徒歩観光には若干不向きな日ではあったが、そんな事を気にする余裕が俺にはなかった。

「もう、動けない」

「早く、早く……」

急に佳代が道端でうずくまってしまった。

「何してるの？　次行かなきゃ!!　早く!!」

「………」

「早くしろ!!」

バシッ。

思わず、俺は佳代の頭をはたいてしまった。

「What are you doing!」

一人の警察官が俺の両手首をつかんだ。

〝カチッ〟

「Come on」

パトロールカーに乗せられた俺は、そのままシカゴ警察署の拘置所に連行されてしまった。

拘置所には、トイレットペーパー一つない向き出しの洋式トイレがあるだけだった。

〝どうしよう〟

俺にはどうする事もできなかった。

誰かに助けを求める事も、俺自身がこの状況を乗り越えるすべも見つけられなかった。

「Hey, Here you are」

四分の一切れの薄っぺらいハムサンドウィッチが投げ込まれた。

空腹は感じなかったが、俺はゆっくりとこのサンドウィッチを噛み締めながら食べたのだった。

「終わった!!」

冷たい床の上に俺はへたり込み、路上で佳代をひっぱたいた事を繰り返し思い出していた。

〝俺は、悪くない!!　あの時、俺はああするしかなかった!!　なんで、俺がこんな目に遭わなくてはいけないんだ!!〟

正直、佳代に対する罪の意識など、みじんもなかったのだった。


翌日、弁護人がいくつかのブースに分かれて接見する部屋に俺は連れて行かれた。

「What are you doing?」

「…………」「?」

最初に接見した弁護人が、俺に何を言っているのか全く理解できなかった。そこで、すぐに、隣のブースの前にいた弁護人の前の席に移動した。

「…………」

その弁護人は何も言わなかった。

すぐに元の弁護人の前の席に戻ったら、

「Why change me?」

「…………. I don't understand English.」

「I won't defense you.」「Go away!!」

「…………」

俺は、何が何だか分からなかった。ただ一つ、この時知った事は最初が肝心で、最初に接見した弁護人は相手の同意なくしては絶対に変えてはいけない。たとえ言葉が分からなくても少しでも別の弁護人の前の席に移動しただけで、弁護を最初に接見した弁護士から弁護を拒否される。つまりそれは他の弁護士からも弁護を拒否されるという事実であった。

しばらくして、刑務官がやって来て法廷に俺を連れて行った。

「Next」

トン・トン
「Go away . Don't come this country between one year.」

恰幅の良い裁判官が判決文を言い渡した。

「…………」

刑務官に促されて俺は法廷を出た。

今度は、犯罪者が多数収監されている拘置所に俺は遷された。

「うおーん」止めどもなく涙が溢れ出た。

「What are you doing.」中国籍の男が心配そうに俺を見て声をかけたのだった。

「NO, NO, problem.」

涙が止まらなかった。

しばらくして、在米日本大使夫妻が俺を迎えに来た。

俺が連行され取り残された佳代の保護を、シカゴ警察から要請されたのか、あるいは佳代が大使館で事の顛末を正しく話した結果、大使館が外務省に佳代の照会を行ったところ、佳代の父親が外務省の高官であった事が判明したからかは知らないが、その大使はアメリカ合衆国政府を説得して俺を救出してくれたのではないかと今になって思っているのだ。

その意味で、日本の大使の外交交渉力の優秀さとすごさ、人と人との繋がりの大切さを俺は実感し信じて疑う事をしなくなったし、日本の官僚に対する尊敬の念を強く持つようになったのである。

＊　＊

アメリカ合衆国から帰国してしばらくたったある日の事だった。

鈴本が珍しく俺をお茶に誘った。

「谷田、お前確か本社にいたよな」

「はい」

「あのな、本社はどうか知らないけどな」

「はい？」

「たとえ、ハイランド物産は世間では有名な会社かも知らんが、うちみたいなハイランド物産の子会社はよ、世間からは相手になんかされないよ」

「え？」

「だから、何とかして、お客や取引先をこっちに向かせ続ける。これが俺達の生き残る道なんだ」

　鈴本の目がいつになく鋭かった。

「彼らが欲しいのは、接待やお金なんかじゃない!!　情報、人と人とが交わす生の情報だ。分かるか？　谷田」

「………」

「例えば、ネジを扱ってるとするだろ。お客の欲しい情報は、どのブランドのネジが売れているかではなく、まずどの用途のネジが売れているか？　次に、どのブランドのネジが売れているか？　月曜日の売上データを見て火曜日の朝一で教える。もちろん在庫状況を事前に把握しておくのは基本だがな。そして水曜日の売上データを見て木曜日の朝一で教える。それを担当のお客、一社一社とやりながら、お客の要望を聞き取りつつ、今度はメーカーの担当者にその情報をフィードバックする」

「はい……」

「その作業をスピーディーに、ルーティンにしながら、自分では、今後どのようなネジが必要になるのか想像してお客に提案し、取引先にはその開発を依頼する」「………」

「谷田‼　お前、そのように仕事を進めてるのか？」

「……いいえ」

「とにかく、俺達のような会社は、デスクで資料を見てるだけではダメなんだ。情報を介して人と人とを繋げる。そのハブになる。それが俺達の仕事なんだ」

鈴本は、この会社に新卒で入ったたたき上げで、今では社内でも一目置かれている。本社にいた時も名前を聞いた事があったが、自分からべらべらと話をするタイプの人間ではなかったので、正直俺にとってはとっつきにくいタイプの上司だった。しかし、この話を鈴本から直接聞いて初めて、俺は仕事のいろはを学んだような気がした。

＊　＊

「もしもし、根岸様ですか？　お久しぶりです」

「本当、久しぶりだねぇ。元気にしているのかね」

「はい、お陰様で」

　突然の根岸からの電話に、俺は正直面食らった。ソフトの件以降、特に根岸の会社を出入り禁止になった訳ではないが、何となく営業に行きづらくなって、少し疎遠になり、俺は自分の顧客リストから彼の名前を消していたのだった。

「この頃、すっかり来なくなったけど、どうした？」

「いえいえ、私の不徳の致すところで、あれ以降なかなかおじゃまできなくて……」

「ハッハッハッ。そんな事……。ところで今度我が社もパソコン機器を更新する事になって、コンペをする事になった。よかったら君の所も参加しないか？」

「はい、ありがとうございます」

「じゃ、来月までに見積もりを、よろしく」

　根岸の会社がパソコン機器を入れ替えるとなると、相当大きな商談になる事は間違いなかった。

「部長!!　たった今、根岸様から電話があって、根岸様の会社がパソコン機器の更新をするからコンペに参加しないか？　と言われました」

「ほー。それで？」

「来月までに、見積もりが欲しいと」

「ふーん。で、根岸様の要望は？」

「要望？　って」

「聞いたのか？」

「いえ、……」

「お前なぁ……。ちょっと来い」

鈴本は半ば呆れ、半ばいらだちながら、俺を会議室に連れて行った。

「谷田‼　どうやって進めて行くつもりだ？」

「まずは取引先からカタログを集めて……」

「お前‼　パソコンにはMacとWindowsがある事くらい分かるよな‼」

「は、はい」

「用途が違う事くらい知ってるよな‼」

「え、えぇ」

「見積もりを出す前に、根岸様がどの用途のパソコン機器を入れ替えるのか聞くのが先じゃないの？」

「はい……」

「あのな、仕事というのは絵図を描く事が重要なんだ」

鈴本は、諭すように俺に言った。

「お客が、どんな目的あるいは理由で、どんな商品やサービスを、どのように使いたいのか？

それをお客から聞いて、こちらの提案する物を使うと、どんだけ便利になるか？　更にお得になるか？　仕事のストレスが減るか？　俺達が考えて、これだという物を提案する。今のお前のやり方では、絵図が描けていないから、コンペに参加しても、どうせトンチンカンな提案しかできない!!　そんな提案ならコンペに参加しても、お互い時間の無駄だから、参加しない方がましと言うもんだ。分かるか？」

「はい……」

「たとえ、コンペに負けても、絵図がしっかり描ければ、それでいいんだ。それが、仕事なんだ、いいね。谷田!!」

「はい」

俺は席に戻り、すぐに根岸とのアポを取り、更新予定のパソコン機器に関して詳しく教えてもらえないか聞いてみた。

鈴本が言った通り、俺の予想では事務用パソコン機器の更新だったが、実際にはCAD対応パソコンが主流である事、一台当たりの予算が十五万円程である事、三ヶ月以内には全ての更新を完了させなければならない事を、根岸は教えてくれた。

俺は、様々な資料を取り寄せて検討したが、どうしても十五万円を切る提案ができなかった。結果、コンペでは三友商事に負けてしまった。が、根岸の会社が商品設計に関して、3Dを駆使した最先端の取り組みをしている事を知ったのは俺自身の収穫だった。

しばらくして、根岸からまた連絡があった。

「金屏風に合う座布団を作って欲しい」

「金屏風に合う座布団？　ですか……？」

金屏風に合う座布団五枚組セットを二組、作って欲しいという依頼だった。

金屏風に合う座布団、恐らく相当高貴な方がお座りになる座布団、まさか、天皇陛下がお座りになる座布団かも……。いやいや、そんなはずはない!!

俺は、根岸の注文の意図がよく分からなかったが、とにかくありふれた座布団では話にならない事は俺にも理解できた。

〝金屏風に合う……。困ったなぁ……。金屏風と言えば、金色、銀色の五枚組の座布団セット!!　きっとこれだ、これにしよう〟

俺はすぐにその生地を探しに大手町高越百貨店に行った。

座布団の生地は通常寝具売場で取り扱っているので、寝具売場に行ったが〝ない!!〟生地売場は昔はあったらしいが、今の百貨店にはなくなっているし、多くの場合は洋服用の生地しか取り扱いがないので……、と思いながら専門店に探しに行ったが、やっぱり〝ない!!〟本当に俺は途方に暮れてしまった。

〝なんか、良い方法はないもんか……〟

トイレに籠もって住宅のチラシを見ている時だった。

〝ちょっと待てよ、カーテンの生地ならあるかも!!〟

急いで高越へ行き、カーテン売場で生地を探してみると、

「あった。よかった……」と思わず声が出た。

「あのー。ちょっと教えて欲しいんですが、この生地で座布団を作れますか?」

さすがにカーテン用の生地だけあって、厚みがあり少しゴワゴワした感じだった。

「作れない事はないですが……」

店員はにこやかに応対してくれたが、余計な事は一切聞かなかったし、商品を薦める事もしなかった。

俺は、その生地の型番を確認したが、高越で注文する事はせず、俺の会社の取引先で作れないか探す事にした。

さすが、ハイランド物産は大手企業だけあって、子会社の取引先も数多くあり、作れそうな取引先を見つけるのは簡単だった。

根岸には前回の事があったし、今回の商談はどうしても成立させたいという、俺の強い願いもあって、俺自身が冷静さを欠いていた事に気付いていなかった。

結果、会社の決まり事として、
一、最低三%のマージンを設定する。
二、損失の出る取引は絶対に行わない。

三、取引先に対して優先的地位の乱用をしない。
の三項目があった事を完全に忘れてしまっていた。
二、三、の項目は当たり前として、一の項目は、仮に何かの理由でトラブルが生じても利益が確保できる最低ラインのマージンが三％であるのが社内のルールだった。
「根岸さん、見積もりとサンプルをお持ちしました」

「どれどれ、うん、いいね」

「値段はできるだけ勉強しました」

「よし、これならいいね!!」

「本当ですか？　ありがとうございます」

「じゃこれで決めよう。値段はこの見積もりから五％下げてくださいね。これはうちとの取引での決まりだから」

「え、……。はい、かしこまりました」

俺は、思わずこう返事をしてしまった。

営業所に戻って、鈴本にどう報告しようか俺は答えを探したが見つけられなかった。

「根岸様との商談、決まったんですが……」

「おう、それはよかった、おめでとう」

「……。実は……、原価割れしてしまって……」

「何？　お前、今すぐ根岸様に連絡して、今回の件、なかった事にしてもらえ!!」

「………」

「でなければ、取引先にお願いして、値段を交渉しろ!!」

「はい……」

＊　　＊

俺は泣きそうになりながら、取引先の担当者に電話をした。

「もしもし、本当に申し訳ないお願いなんですが……」

「聞けるお願いと、聞けないお願いがあるけど、何ですか？」

「例の金銀の座布団の件ですが、もう少し何とかなりませんか？」

「何とかって言われても……」

「本当に申し訳ありません」

「で、いくらですか？」

「あと、三％下げていただければ……」

「三％!!　今回だけですよ!!　今後、一切このような事はしませんよ!!」

「あ、ありがとうございます。本当にありがとうございます」

急に目の前が霞んで、しばらくの間俺は何もできなかった。

その後、何年か経って、インペリアルホテルで佳代と食事をした時に、俺が根岸に納めた座布団を見る機会があったが、本当に丁寧に使われており、汚れ一つない状態だった。もちろん、この座布団は一般客用には使っていないと思われ、根岸の関係者だと名乗っても最初は俺に使わせるのを渋っていたので、恐らく、天皇陛下などの高貴な方々の会食時に使われているのだと俺は勝手に想像しているのである。

しばらく経ったある日、俺は鈴本に呼ばれた。

「谷田君、君は来月一日付で本社に異動だ。内示があるから、明日の午前十時に本社の人事部に行ってくれ」

「はい」

翌日、俺は本社の人事部に行くと、人事部長が俺に言った。

「谷田さん、あなたに一日付で本社クロスメディア本部での勤務を命ず」

「はぁ……」

俺にはクロスメディア本部がどのような仕事をする部署なのか、全く見当が付かなかった。

ただ、ハイランド物産は、今後オムニチャネルに力を入れていくという噂を耳にしていたので、その言葉を知っていたが、その意味は全く俺にとってチンプンカンプンだった。

「俺、異動になった」

「どこへ」

「本社のクロスメディア本部」

「ふーん」

佳代は俺の異動には全く興味がなく、

「ねえ、ねえ、今度の昇進試験はいつ？」

「八月下旬だと思うけど」

「今度こそ絶対に受かってよ‼　四十八歳にもなって、課長にもなれないなんて、恥ずかしくて同窓会にも行けないわ」

「………」

俺は佳代に返す言葉がなかった。今度の試験に落ちたら二度と課長になんかなれない。このまま平社員で終わる。いやきっと五年ぐらいで窓際社員へと追いやられる。それはサラリーマンとしての死を意味するに違いない。それだけは絶対に避けたい。

確かに俺は優秀な社員ではないのかも知れない。でも、今の部署で会社の与えられた仕事を一生懸命やってきて、それなりに営業成績を上げてきた。チームリーダーにもなってチームの成績を会社のトップに押し上げた事で何回も会社から表彰もされた。だから、会社もきっと俺の事を評価してくれる。そうに違いない。そうに決まっている。俺はそう信じて疑わなかった。

「今度こそ、頑張ってね‼」

「うん」

佳代の顔には、俺の昇進は半信半疑だと、しっかり書いてあった。

「今度落ちたら、絶対離婚だからね‼」

「いや、それだけは……」

本部長から面接が良かったと褒められて一ヶ月が経った金曜日、

「谷田君」

俺は本部長に呼ばれた。

「谷田君、試験の結果だが、残念だった」

第二章

「十秒前、五秒前、四、三、二、一、スタート」

「はい、今日も始まりました。クイズビリオネア!!　皆さん元気ですか？」

「そうですね」

「今日は晴れですか？」

「そうですね」

「今日は雨ですか」

「そうですね」

「どっちやねん」

ワッハ、ハッハッハ
俺はテレビ未来のスタジオで番組を観覧していた。

「ねえ。これ面白そうじゃない？」

最初に番組観覧のバイトを見つけたのは、佳代だった。

「番組観覧か。有名人が見られるし面白そうだなぁ。どうせ仕事も暇だし」

バイトの広告を出していたのは、信濃町にあるショーアップという会社だった。

会社は雑居ビルのワンフロア程度の小さな会社で主に番組観覧の客を集めるのが仕事だった。毎週木曜日が登録会で、登録を済ませると、観覧できる番組の一覧表が配られ、自分が見たい番組をエントリーすると担当者が選考して、ＯＫであれば観覧できる仕組みだった。選考結果は自分で問い合わせ、ＯＫであれば、番組を観覧する上で必要な事項を担当者が教えてくれて、当日、集合時間に遅れないように指定場所へ行くのが会社との一番重要な約束事であった。

「はい、今来た方は右の壁沿いに並んでください」

ショーアップのマネージャー優子は十八歳の女子大生だったが、三十代、四十代の男女を手際よくテレビ局の玄関横の壁際に並ばせていった。

優子は羊飼いのように、俺達があちこちに行かないように目を光らせながら、テキパキと点呼を取っていくのだった。

「皆さん、聞こえますか?」

優子の声はそんなに大きくはなかった。もっともいくらテレビ局の外と言えども大声を出すのはさすがに非常識な事ぐらいは優子も心得ていて、百人程度の観覧客を五つ程のブロックに分けて説明していくのだった。

「今日は、お忙しい中お集まりくださりありがとうございます」

「今日はクイズ番組ですが、皆さんにお願いがあります。

まず、答えが分かっても絶対に言わないでくださいね。口を動かしてもダメですよ。

次に、面白い答えには、思いっきり笑ってくださいね、つまらなかったら、ブーイングをしても構いませんよ。

そして、収録中は絶対に寝ないでくださいね。カメラが回っている前で、寝てしまうと次から仕事をご紹介できなくなりますからね。もし横の方がうとうとしていたらつついてでも起こしてあげてくださいね。

最後に、今日の収録内容は絶対に誰にも話さないでくださいね。もし事前にバレたら大変な事になるので、これだけは絶対に守ってくださいね」

十八歳の女子大生とは思えないしっかりした口調で繰り返し同じ説明を優子はするのだった。

「しっかりしてるなぁ」

「優子ちゃん、この前のクイズ結構ムズかったんとちゃう?」

「しーっ!!」

優子は一瞬キッと俺を睨みつけ、すぐに笑顔になって、人差し指を立てるのだった。

「皆さん!!　もう間もなく皆さんをスタジオ内へご案内します。スタジオ内ではお手洗いがご案内できませんので、今のうちにお手洗いに行きたい方は手を挙げてください」

「じゃあ、お手洗いをご案内します」

優子は、俺達が勝手な行動を取らないように目を配りながら、決められた洗面所へと、俺達を誘導していくのだった。

「谷田さん。お手洗いはこちらですよ」

「はい」

少しでも違う方向に行こうとすると、優子はすぐにダメ出しをして、俺達が間違いを犯さないように気を配っているのだった。

「みなさーん。僕達の事知ってます？」

番組がスタートする前に、お笑いタレント二人組が観覧客の前に現れた。

「…………」

「ご存知ない？　こりゃまたどーも失礼しました。僕達が今日前説する平成ロマンと言います。今日、平成ロマンを覚えて帰ってくださいね。いいですか？」

「……。ワッハッハッハ」

「では最初に拍手の練習をします」

「拍手の練習って？」

「練習って言うたら、練習や。練って言うたら練絡帳の練、習って言うたら習字の」

「阿呆、そんなん分かってるわ!!」

「ワー、ワッハッハッハ」

「拍手は、手と手の平を、大きく、元気に小刻みに‼　さぁ皆さん一緒に三、二、一、ハイ」

〝パチ・パチ・パチ・パチ・パチ・パチ〟

「いいですね。合ってますねぇ～、でも、お父さん、半歩前に進んでますよ」

「ワッ、ハッハッハッハ」

俺の方を一方が指を差して言った。

「え、お、俺？」

俺は俺の鼻先に俺の人差し指を向けて、

「あ、いっけね」

と言いながら頭をペチンとたたいた。

〝ワッ、ハッハッハッ〟

「お父さん‼　いい味出してるねぇ。いまの頂きました～」

ディレクターが指をくるくる回し始めた。平成ロマンは、それに気付いて、

「では、皆さん、楽しんでください、バイなら～」

と言ってスタジオの袖にはけていった。と同時に、今日のゲストのクイズ回答者が次々にスタジオに入って来た。

「キァー‼」

「淳く～ん」

今日のゲストの一人が、超人気グループ「太陽」の松風淳だった事を俺は知らなかった。

松風はまだ中学生ながら精悍な顔つきで、カッコ良く特に十代後半から二十代前半の女性に絶大な人気を誇っていた。男性アイドル事務所キリンズのトップアイドルの一人で、俺が聞いていた噂では、いけ好かず、一般人には冷たそうだったが、生で本人を見ると、小学一年生でも簡単に答えられそうな問題でも真摯に向き合って、共演者にも答えをわざと間違える事で花を持たせる等、女性の心をワシづかみにする、さすがキリンズのトップアイドルだなぁと俺は感心しながら松風を眺めていた。

〝俺も松風みたいになりたい!!〟

そんなふうに俺は思うようになっていた。

＊　＊

番組観覧を始めてから四年後の事だった。

「もしもし、谷田さんの携帯でよろしいでしょうか?」

優子からの電話だった。

「実は、今度うちの事務所でエキストラ部門を立ち上げる事になりまして。谷田さんもエキストラ部に登録しませんか?」

「え、そうなんですか？　少し考えます」

　俺は即座に「やります」とは言えなかった。確かに、番組観覧に行った時、ショーアップの社長が来ていて、

「今度、うちの事務所でもエキストラの仕事をやろうと思うけど、皆、どう思う？」って俺達に聞いていていた。

「いいですね。できるんなら、やりたいです」

　俺は社長にそう答えていた事をすっかり忘れていた。

　一週間程して俺は優子に連絡してみた。

「もしもし、前回のエキストラ部門に登録の件は、どうすればできるんですか？」

「谷田さん、ですか？」

「谷田です」

「とりあえず、事務所で登録会を行いますので、それに来てください。それと登録料が五千円必要ですので現金でお願いします。登録会が終わった後、宣材写真を撮影しますのでスーツスタイルで来てください」

　優子の説明は極めて事務的だった。

「今度、登録会はいつ行われるのですか？」

「来月、一日、十日、二十日、三十日です。時間は午後一時と三時です」

「じゃあ、えーと……。一日の午後一時でお願いします」

「はい、それではお待ちしています。失礼します」

「失礼します」

こうして俺は二〇〇七年七月、ショーアップのエキストラ部門に登録した。


登録してから一ヶ月が過ぎたある日、優子から電話があった。

「谷田さん。次の木曜日、サンマを食べるロケがあるけどどうですか?」

「えーと、木曜日は……。大丈夫ですよ」

「じゃあ、選考になりますので、前日の三時から六時の間で確認の電話をください」

「はい。承知しました」

水曜日の午後三時過ぎに、俺は優子に電話をした。

「もしもし。明日のロケの前日確認ですけど」

「明日、お願いします。午前七時にJR山手線の目黒駅改札口に来てください。服装は、今の季節に合わせた地味めなジャケットスタイルでお願いします。もし何かあれば事務所に連絡してください」

優子は極めて事務的に、俺につけ入る隙を与えずに電話を切った。

優子の顔には若干子供っぽさが残っていたが、大学生の時からこの仕事をしているからかも知れないが、その立ち振る舞いはとても二十二歳の女の子とは思えない程の大人の女性の風格を漂わせていた。

ＪＲ目黒駅の改札口には、同じロケに参加すると思われる四名の男性がすでに集まっていた。するとどこからともなく優子が現れた。

「皆さん、一つお願いがあります。今日の演者さんを見て、絶対に驚かないでください。特に、谷田さん、絶対に驚いた表情をしないでくださいね」

「はい」

俺は神妙な顔つきで答えた。

もちろん、今日のロケではサンマを食べる事以外に詳しい内容を優子から聞いていないし、出演者が誰なのか？　なんて知るはずもないし、また興味もなかった。

ロケで使われるお店は、駅から歩いて五分程の場所にあり、その店の売りは〝サンマの塩焼き〟だった。

優子はディレクターに俺達を引き渡すと、別の現場にサッサと行ってしまった。

ディレクターは俺達に、

「今日は、サンマを普通に食べてください」

とだけ言った。

運ばれてきたサンマは肉厚で脂がのっていて、一口食べただけで、充分にサンマを味わい堪能できるもので、俺は正直このサンマを食べただけで〝今日は、儲けた〟と思った。

「失礼します」

「………」

突然仕切り戸が開いた。

〝どっかで見たような……〟

「俺って意外に売れてないんだ」

「………」

目の前には、松風淳がやや不満そうな表情を浮かべながら、俺の方に近づいて来た。

「お父さん、サンマは好きですか？」

「ええ、まあ」

「普段、サンマをこのように食べられるんですか？」

「はい、……」

俺の皿の上のサンマは箸で身を雑に突かれた結果、皿の上に身がとっ散らかって、お世辞にもきれいな食べ方をしているとは思えなかった。

「お父さん、サンマをきれいに食べる方法を知りたいですか？」

「ええ、まぁ……」

俺は他のエキストラの男性と顔を見合わせながら頷いた。

〝誰だっけこの人……？〟

ロケが始まる前、優子から驚かないように強く釘を刺されていたので、驚かないように心の準備をしていたが、

〝どっかで見た事あるよな。この人……。もしかして……。太陽の松風淳？〟

松風淳は不満顔をすぐに消し去り、

「では、サンマのスマートな食べ方を教えましょう」

〝えー？　松風淳に教えてもらうの？〟

一般の人が芸能人に特技や裏技を教えるバラエティー番組は数多く見てきたが、エキストラと言っても所詮、テレビなどで顔出しをしても構わないと思っている一般人には違いない。そんな一般人に日本のトップアイドルグループのセンターが教えるなんて……。

〝もしかして、俺、松風淳の一番弟子？　やったー。男でよかった!!　もし女だったら、今頃日本全国の女性を敵にまわし、総スカンを食うところだった。よかった……〟

と、俺は本気で思った。

「まず、えらの所に箸を入れ、一度、こうやってひっくり返し、尾ひれの方へ、こうやって箸をすべらせ身と骨を分離。一度上の身をこうやって反対方向に置いて、サンマを開いた状態にします。次に、頭の部分をこうやってゆっくり持ち上げると、ほーらね」

さすが松風淳である。カンペがなくアドリブで説明しながらも、スマートにサンマの骨をは

ずしていく。

〝トップアイドルは違うなぁ……〟

俺は憧れの目で彼を見つめていた。

「後は、大根おろしを身の上にのせてサンマを反対にして身で蓋をして、パクパク食べるだけ」

「ほーら、スマートでしょう」

「ハイカット‼」「セットの仕切り直しをするので少々お待ちください」

松風淳は、別の部屋に行くのではなく、俺達の座敷に留まり板敷きの床の上に正座をして、更に俺に座布団を勧めてくれた。

〝なんていい方なんだろう。礼儀正しくて‼　やっぱり、松風淳は違うなぁ。さすがキリンズのトップアイドルだけあるなぁ〟

俺は、この瞬間、彼にメロメロになってしまった。

「ところで、お父さん、今は何を？」

ディレクターが聞いてきた。

「商社の窓際です」

「ご家族は？」

「佳代という名の奥さんがいます」

「へー、そうですか」

世間話をしている間に、ディレクターはこのロケの構成を練っていたのかも知れない。

「それでは、再開しまーす。五秒前・四・三・二・一・どうぞ」

「それでは、お父さん、実際にやってみましょう」

「お、おー」

「お父さん、上手、上手ですねぇ」

「どうです？　食べてみて？」

「う、うまい!!　めっちゃ感動して涙が出て来ますわ!!」

「涙なんて、一粒も出てませんけど……」

「ハイ!!　カット!!　お疲れ様です」

「あ、記念写真を撮ります」

松風淳は遠慮がちに俺の横に座り、あくまでも、俺を立てようとしてくれた。

〝やっぱり、彼は噂と全然違う!!〟

彼に対する尊敬と憧れ、そして彼と一緒にロケをした経験が、その後の俺の心の支えになっているのだった。

＊　　＊

「シャッター」とは役者の前をエキストラが横切る事でエキストラの基本的な動作の一つだと俺は思っているのだった。

「えーと、マリエのすぐ前をシャッターしてください」

エキストラ担当の助監督は俺にこう指示を出した。

「はい！」

「ヨーイ、カチンで三つ数えてからスタートしてくださいね」

「はい」

「ではテスト、ヨーイ、スタート」

〝一、二、三〟

マリエは、やや小足りながらゆっくりと走り始めた。

俺は三つ数えて歩き出し、マリエの前を難なく横切った。

「今のでいいですよ。本番はもう少し早めでお願いします」

「……？　ハイ」

「では、本番いきまーす。ヨーイ、スタート」〝カチン〟

マリエは、トップスピードで俺の方へ走って来た。

「え、」

マリエの形相は、自分の身内を殺した犯人を何としても自分の手で追いつめつかまえるというもので、まさしく犯人を全力で追いかけているのだった。

俺が歩き出して二歩目の時、マリエは俺の目の前を走り去って行った。

「カット!!　OK!!」

監督の満足そうな声が響いた。

「遅れちゃいましたねぇ～」

助監督がニヤけながら俺に言った。

「すみません」

〝マリエがトップスピードで走って来るなんて……。マリエの前をシャッターするのが俺のミッションだったのに……。エキストラの最大の見せ場だったのに……〟

マリエの前をシャッターする。たったそれだけの、一秒にも満たない芝居ができなかった俺は目の前が霞んでいくのだった。

「おはようございます」

ロケ現場に来ると、主役の杉下は監督、カメラマン、照明、音声、そして俺達エキストラ一人一人とグータッチをするのがお決まりだった。もちろん、エキストラ全員とグータッチをする事は物理的に無理なのは仕方がないが、現場の座長としてのリーダーシップは、俺が知る限りではどの俳優よりも優れており、杉下が主役を張る『バディ』というドラマが二十年以上も続いているのは、彼の気配りと現場の団結力のたまものだと俺は信じ切っている。

もちろん、気配りのできる俳優は有名になればなる程多くなり、特に一般のエキストラにまで気配りのできる俳優は、エキストラの評判も良く、エキストラでも実力のあるエキストラがロケに顔を揃える。そして撮影があうんの呼吸で進むので、撮影時間が大幅に短くなるのだった。そのような現場では、エキストラも顔なじみとなり、助監督が一言指示を出すだけで、どのように芝居をするか、カメラワークを確認しつつ相談するのだった。

「神戸《こうべ》さん、もう少し右側へ、はい、はい。三条さん、この場面は、犯人の意図を計りかねてる体《てい》で、神戸さんの影に、三条さんの影を重ねるようにお願いします」

監督の権田は、時折台本に目をやりながら簡潔に、三条と神戸に指示を出している。

〝影を重ねる？　面白い演出をするなぁ〟

俺は権田の指示を興味深く眺めていた。

「ドライ、いきまーす。よーい、はい」

「神戸君、どうして君は、そう考えるのでしょうねぇ」

「三条さん、犯人はマリエと何だかの接点があった」

「ハイ、カット」

権田は両手で四角型の窓を作りながら、一瞬でフレームの中の構成をまとめ上げ、カメラマンと、助監督達を集めた。

「まず一カットめは全体をルーズで、次に神戸越しの三条さん、次に三条さん越しの神戸、最後は切り返して重なる影、の四カットで」

とすばやくスタッフに指示を飛ばした。

助監督は、俺達の所へ来ると、「刑事役の方、あなたとあなた、警官のあなた、婦警のあなた、こっち来て」

「警官さんと婦警さんは、ここで板付き、立ち話をして。刑事のあなたは、三条さんが向こうから来るから、カチンで二つ数えてこっちから向こうに歩いて、もう一人の刑事さん、あなたは最初警官さんと立ち話をして、刑事さんが来たら合流してそのまま二人で掃けていって」

「…………」

俺は、三条さんの右側を歩くのか、左側を歩くのか瞬時に理解できなかった。照明の当たりは右からで影は右から左に伸びていたのだった。

神戸は廊下の真ん中よりやや俺から見て左寄りに立っていた。

〝神戸さんの左側を通ると、照明の邪魔になるし、三条さんの右側だと二人の影を踏んでしまうし……〟

「テスト、よーい」「カチン」

俺は三条さんの右側をスタスタ歩いた。

「カット、カット、そこの刑事!! それじゃ三条さんとかぶるじゃないか!!」

権田の顔つきが急に厳しくなった。

助監督が飛んで来た。

「今、どう歩きました？」

「三条さんの右側を」

「誰かに指示されました？」

「いえ、すみません」

「よーいで歩き始めてください。神戸さんの影を踏まないスレスレの所を通ってください」

「はい」

「次、本番、おい大丈夫だろうな」

「はい、大丈夫です」

周囲の空気が急に張り詰めたが、杉下は一向に気にする様子もなく、やさしい眼差しを俺に向けるのだった。

「本番、よーい、スタート」「カチン」

俺が三条さんとすれ違ったのは神戸の影を通り過ぎた直後だった。

「神戸君、どうして君は、そう、考えるのでしょうかねぇー」

「三条さん、犯人とマリエには、何らかの、接点があった」

「ハイ、カット、ＯＫ‼」

権田は満足そうな笑みを浮かべた。

権田の事が気になった俺は、〝権田〟をググッってみた。出身高校が大阪の桃谷学院高校と書いてある。

〝あれ、権田監督は俺の高校の後輩……？　まさか、後輩の作品に先輩の俺がエキストラで出てるなんて‼　しかも、大阪じゃなくて、東京でたまたま、これこそ杉下さんも知らない『バディ』の七不思議、もし三条さんがこの事実を知ったらなんて言うだろう？〟と俺は思った。

「権田監督、あのー、もしかして桃谷高出身ですか？　実は俺もそうなんです」

「え、そやけど」

「気になってネットで見てたらそう出てて」

「えぇー、そうなん、特進クラスやったけど、俺、桃谷高には何の愛着も未練もないねん」

「そうなんですか」

本当に短いやり取りだった。

桃谷学院高校はキリスト教系の高校ではあるが、イエス・キリストに自分から志願して弟子となった聖アンドルーを師と掲げ、自由と主体性を重んじる進学校で、権田が卒業した特進クラスは、俺が在籍した当時は普通科しかなく、結果、学校のレベルが低下傾向にあった為新設されたコースだったので、権田は俺よりもはるかに優秀だった。

権田は桃谷高には愛着がないと言っていたが、高校での影響が根底にあるのか、彼の監督する作品には、ユーモアと仏教では感じられない神の力を感じ取らせる何かがあった。恐らくそのような世界観を作品にして映像化できる監督のような気が俺にはするし、杉下は彼の能力を高く評価しており、『バディ』のような特別な作品を権田に撮らせる事が多かった。

「こっちの席にお願いします」

「はい」

「蕎麦をまずそうに食ってください」

「まずそうに……、ですか？」

「そう、まずそうに……。先輩!!」

こんな所に権田のユーモアがあった。もちろん俺も、本当は手打ち蕎麦の名店の蕎麦ののどごしを消しながら、ぼそぼその十割蕎麦のように、さもまずそうに食べるのだった。

その後も権田は折にふれて俺を気をかけてくれた。俺も権田が監督する作品に呼ばれた時は、精一杯頑張ろうと思って一生懸命走ったり、人一倍大きな声を出したり、場合によってはカメラに映りたいのも我慢をした。

*　　*

「もしもし、谷田さんの携帯でよろしいでしょうか？」

久しぶりの優子からの電話だった。

「はい」

「今度の木曜日、日本国営放送（通称ＮＫＢ）の『人生』という番組があるけど、どうですか？　場所は渋谷で時間は未定ですが」

「木曜日ですか？　エントリーします」

「では選考になりますので、前日の三時から六時の間に電話をください」

「はい、承知しました」

いつものように優子の電話は事務的だった。確かにマスコミ業界は二十四時間年中無休でどのセクションにいる人間もＴシャツにスエット、またはＴシャツにジーパンという超ラフなスタイルで、食事はコンビニ飯か弁当でいつ寝ているのか、そもそも寝る時間があるのかと思うぐらいの労働環境ではあるものの、そこに働いている人間は、男女とも若くて体力があり、本当に好きで働いているように見える。優子も大学生の時からこの業界で仕事をしているのだから、マスコミ業界には慣れているのだろうが、もしかすると、優子は人を扱う仕事をしているので、俺達との間で変な噂が立たないように気を付けているのかも知れない。だから、俺達の前ではいつも事務的でやや冷たい態度なのかも知れない。と俺は思っていた。そういう意味では、優子は聡明な女性だったので、俺は余程の事がない限り優子が紹介してくれる仕事には応じるようにしていた。

「もしもし、明日の『人生』の前日確認ですが……」

「谷田さん。少々お待ちください。詳細を言います。明日午後一時、渋谷のNKBテレビの玄関前に集合です。服装はスーツスタイルを二着でお願いします」

「はい、ありがとうございます。よろしくお願いします」

〝やった!! ついにNKBだ!!〟

NKBに出る事、それは日本の国営テレビに出る事で他の民放等に出る事とは一味《ひとあじ》違うし、『人生』は、NKBの代表的なコント番組でその番組に出るのは、そう簡単な事じゃない。俺が、新卒でハイランド物産に入った以上に難しいに違いない。エキストラと言えども一生懸命やってきた俺の努力が認められた。それこそハイランド物産でただの社員に人生を左右されるのとは訳が違う。昇進するやつは、確かに仕事ができる。でも運が良かったからではないのか? 上司運が良かった。いくら仕事ができても上司運がなかったら……。と思うと、負け犬の遠吠えだと分かっていても、NKBの『人生』への出演が決まって、俺の心はとても慰められた。

＊　＊

「影山総理大臣」

「えー、私は日本の少子化を止めるべく、猿の惑星からの移住政策を推進します」

スタジオのセットは、衆議院の議場そっくりに作り込まれ、まるで俺は国会議員になったのかと錯覚してしまった。

「伊達まさと君」

「総理、総理は今、少子化対策に猿の惑星からの移住を推進するとおっしゃいましたね。猿に地球を支配させる‼　総理がしようとしているのはこういう事じゃないんですか？」

「猿が支配して何が悪い‼」「そうだ、そうだ」

「猿に人間を滅ぼさせようとしてるのではないですか」「そうだ、そうだ」

「静粛に‼」

「影山総理大臣」

「えー、私は猿に地球を支配させるつもりは毛頭ございません」

「伊達まさと君」

「総理、この表を見てください。これは二〇〇〇年の日本の人口における猿の割合です。一方こちらの表は二〇一五年の割合です。約四〇パーセントも猿の割合が伸びている。違いますか。それと総理、あなた本当は猿じゃないんですか」

「影山総理大臣」

「えー、あくまでも少子化で二〇三五年には大幅に縮小する人間の労働力を補完する為の取り組みです」

「まだ質問に答えてないぞ!!」「質問に答えろ!!」「そうだ!!　そうだ!!」

「え、私は人間です」

「伊達まさと君」

「総理、この写真を見てください。まさしく総理!!　あなたが猿を引率している。総理、あなたは猿、違いますか、総理!!　お答えください」

「ゴリラ総理大臣」

キッキーン!!

「うわ!!」「わー!!」

ガタン!!

「私は、人間です」

「嘘だ!!　今、キッキーンって鳴いた」

「そうだ!!　そうだ!!」

「ハイカット。ＯＫ」

カット割なしで三十分ノンストップでのカメラ回し、誰一人セリフを噛まないやり取り、当意即妙なアドリブ、そして合いの手、あ、これがＮＫＢなんだ。ＮＫＢに出るとはこういう事なのか。と俺は感じた。

制作に関わる全ての人間がプロで、そして演じる俳優はトップクラスでエキストラと言えども下手では使われない。だからこそ、ＮＫＢがＮＫＢであり、そこに携わる人々は絶えずＮＫＢという組織に胡座をかいてはいけないし、ＮＫＢだからこそ、求められるレベルが他よりも高くなる。そしてＮＫＢに出る事が、俳優にとってのブランド価値の向上に繋がるのだと俺は思った。まさしく、それは俺が勤めているハイランド物産にも当てはまる事で、宮内方にも米を納めている企業として、その取り扱う商品の品質は価格以上の品質である事、つまり商品の目利きが絶対に必要で、万が一にも粗悪品を取り扱った瞬間に、その存在価値を失う。そしてハイランド物産と取り引きする事がメーカーのブランド価値の向上に繋がる事と全く同じであるような気が俺にはしていた。

「そういう、そう、そういう……」

「カット、カット、もう一度！」

「そういう事もある……、あるさ……」

「カット、カット、ゆっくりでいいです」

ディレクターは少しいらいらしながらも、できるだけ平静を保ちながら俺に言った。

「あのー、カンペを出したらどうですか？」

直子がやや呆れながら言った。

「カンペは駄目です。なるだけ自然に見せたいんです」

ディレクターはぴしっと直子の提案をはね除けた。

「大丈夫かなぁ……この人‼」

直子は不安そうに俺の顔を見つめていた。

「明日の撮影の原稿、メールしとくので、本番までに目を通しておいてくださいね」

優子からの連絡は午後九時をまわっていた。

「はい」

しばらくして優子から電話があった。

「メール見ました？」

「え、今開いて見ます」

「え、えー、何これ」

台本は約十五ページあり、三行から五行のセリフが二〜三箇所にちりばめられてあった。

〝まじか‼　これを明日の朝八時までに覚えるの？　無理、無理、無理、絶対無理‼〟

直子の役は女流作家で、俺はその父親役のようだった。

彼女が、行き詰まって小説が書けなくなった時、同じ作家である父親が彼女を励ますというシチュエーションで、彼女は朝のワイドショーのコメンテーターを務めている阿部美和子をモデルにした再現ＶＴＲで、どうやら俺は父親の阿部弘治の役らしかった。

「ハイいきまーす。三、二、一、どうぞ」

「そういう事もあるさ。あまり気にせんでいい」

直子はこくりと頷いた。その顔には、文章が書けない苦悩の色が滲み出ていた。

「書いていれば、必ず、書けない時が来る。この時の苦労を、どう、乗り越えるのか？　それが大事なんだ」

俺は直子の目を見据えながら続けた。

「ほら、野球選手だって、三割打てば御の字だろ」

直子を諭し、励ますように続けた。

「書けない時は、書かないままでいい。また、書けるようになるさ」

直子の目が少し潤んでいたが、力強く頷いていた。

「ハイ、カット、ＯＫ」

「できたじゃん」

直子は少し上から目線で俺に言った。

〝よかったー〟俺は内心ホッとした。

直子と俺は、同じショーアップに登録していて、今までも一緒の現場になった事はあるが、特に親しい訳でもなかった。もっともエキストラ同士が仲良くなるのは、よっぽど現場で顔を合わせる事が多かったり、エキストラの親分を慕って集まったりする以外になく、俺のようなエキストラは一期一会の中でやっているので、直子がどのような女性なのか知る由もなかった。そんな直子と親娘を演じる。その場限りの、たまたま、の縁なのにそれを感じさせないように芝居をする。エキストラにとっては当たり前の事が、やっと俺にもできるようになった。直子は俺に、その事実を気付かせてくれたのだった。

「お前、ドラマに出たいの？」

荒岡が、俺に聞いてきた。

「うん」

「それじゃ、ショーアップだけじゃだめだ」

「え？」

「ドラマに強い事務所を紹介してやるよ」

荒岡は、再現ドラマの現場やスタジオのカメラリハーサルの現場でよく一緒になっていた。

「芸秀、あそこはなかなかいい事務所だよ」

「芸秀？」

「あそこは、『バディ』やってて……」

荒岡は三条さんと肩を組んでいる写真を嬉しそうに俺に見せてくれた。

「お前も入れよ!!　俺の名前を出せばいいから」

「うん、そうする」

「俺、エキストラ、楽しくってよ、今月はもう一ヶ月で六十本はやったよ。明日も朝から一本、昼に一本、夜に一本決まったし」

「ほ、ほんまに‼　どないしてるん？」

「空き時間を三時間見て、それで予約入れていくねん。だいたい三時間見ておいたら、多少現場が押しても何とかなるし、都内やったらだいたい行けるから。同じ日の現場は同じ事務所の現場にしといた方がええで」

「なんで？」

「そりゃそうや。もし前の現場が押して、次の現場に間に合いそうになくても、同じ事務所なら何とかしてくれるけど、別の事務所やったら、アウトやからなぁ」

「ふーん」

「なんせ、全部、口約束やろ。時間厳守は絶対やし、時間にルーズなやつはあかんで」

「そうやなぁ」

「更に、口約束一つ守れないやつは、絶対にエキストラに向いてない。他の事は二の次や」

荒岡は、エキストラのいろはを俺に教えてくれたのだった。

〝芸秀かぁ……。ドラマかぁ……、有名な俳優に会えるなぁ。面白そうやなぁ。会社でたいした仕事もしてへんし………。この先、たいして出世もできへんやろし。決ーめた。俺も芸秀に登録しーよう〟

そう決めるとすぐに俺は池袋にある芸秀の事務所へ登録に行った。

芸秀の事務所は想像以上に小さくて、雑居ビルのワンフロアに五人の社長とマネージャーだけがいる事務所だった。それに比べると、ショーアップは従業員が百名程いて、エキストラ事務所の中では大手と言われているのに俺は納得した。

芸秀の登録は本当にあっけないものだった。

俺は早速何かしたくて、芸秀に電話をして聞いてみた。

「もしもし、谷田です。明日何かやりたいんですけど」

午後一時に事務所に電話を入れると、マネージャーが、

「じゃあ、三時から六時の間に電話を入れてください」と言うか、「明日、特に何もありません」と言うかのどちらかで、確認の電話を入れるようにマネージャーから言われた時は現場に入れる確率が高かった。

特に、登録したての頃は、事務所もお試しで、また、現場の制作陣もマンネリ防止の観点から、様々な現場に呼ばれた。

現場には、必ず担当マネージャーが付いて来て、制作スタッフとの顔繋ぎをするだけでなく、我々の動きにも目を光らせて、我々を品定めするのだった。

「谷田さん、その動きは少し違うね。カメラが右から三条さんを狙っているよね。そこに立ったら、三条さんの邪魔になるの分かるよね」

「谷田さん!!　カメラ位置、ちゃんと見てるの?　そこだと映らないでしょ!!」

「谷田さん!!　カメラに映りに行かない!!　不自然でしょ!!」

特に『バディ』を担当している帆足マネージャーは厳しかった。

『バディ』は、テレビ局の看板ドラマだけでなく、映画会社が中心となって制作しているので、スタッフ各々が職人気質で、仕事の一つ一つにこだわりがあり、カメラワークから、照明、音声、美術に至るまでプロとしてのこだわりがあった。

もちろん、俺達エキストラもエキストラではなく、俳優として見られていたので、いちいち助監督から指示がなかった。また、しかし、制作に関わる人は全員、同志であるという理念がしっかりと根づいていて、特に昼食は、〝同じ釜の飯を食う〟という意味からか、エキストラにもケータリングの食事が出たり、スタッフ自らがみそ汁を作ったりしていた。

俺は、マネージャーからの注意に逆らう事なくすぐに動きを修正し、本番では同じミスをしないように心がけた。とにかく、俺は、自分の不用意な動きで制作の流れを止める、つまり、エキストラNGだけは出したくなかった。

「谷田さん、明日もお願いします」と言われるようになるまでに約三年かかった。

更に「谷田さん、来週の木曜日に『バディ』の現場があるのですが、どうですか?」と言われるようになるまでには約十年かかった。

＊　＊

〝最近、荒岡どうしてるかなぁ〟

俺はふと荒岡の事が気になった。

荒岡と最後に会ったのは約半年前だった。

「今日、三本やるし」

「すごいなぁ」

「明日も三本やるし」

「本当かよ」

「今月は、めちゃくちゃ効率良くって、九十本はやれそう」

「え、まじか？　九十本？……」

荒岡とそんな会話をかわしてから、顔を合わせていなかった。

エキストラと物乞いは三日やれば止められないということわざを体現しているような荒岡は、家の仕事を投げだしても楽しそうで、天職を得たという感じだった。

さすがに俺は、エキストラだけで食っていく自信がなかったので会社は辞められないが、月二回を最低ノルマとして年間二十四回以上、多い時は年間百三十六回、休みの日はほぼ全日エキストラの現場に行っていた。

さすがに、こんな事をしていると、会社の同僚から、

「谷田、この前、テレビに出たな」

と言われるようになったが、こんな聞かれ方は可愛いもので、

「谷田、バスの中で居眠りしてただろう」

と番組の一シーンでの事を言われたり、

「谷田、松風淳はどんな感じだった？」

というような聞かれ方をするようになってきた。

もちろん、俺には守秘義務があるので、俺から同僚にテレビに出た内容は言わなかった。

更に、俺と関わりのあった同僚は、テレビを見ている時に、無意識に俺を探すようになったり、意図せず俺が出演した番組を見ていたりしていて、〝え!!　こんな番組見てるんや!!〟と、俺が驚く事も少なくなかった。

　確かに、エキストラの仕事は一生できる。しかし、エキストラの仕事は二十代後半から四十代にかけて仕事が多いのも事実で、五十代を過ぎた頃からは急激に仕事が減り、六十代以降はほぼ仕事がなくなるのである。ドラマは現実をベースに作られる世界なので、当たり前と言えば当たり前だが、六十歳の女性が二十代のＯＬを演じるなんて無理なのである。だから、六十歳の女性は六十代のおばあちゃんしか演じられない。しかし、そのような高齢者に限定した役は少ないのである。だから、定年してから俳優になろうとしても、二十代後半からキャリアを

積んでいる人には知名度で負けてしまうので、無理と言えば無理で、シニアタレントになる為には相当な覚悟と努力が必要になるのだ。

サラリーマンと同じようにエキストラも年齢が上がるとともにふるいにかけられる。ただ一つ違うのは、上司運に人生を左右される事が少ない。実力勝負の世界なのである。俺は俺が成長していると直接感じられるからエキストラをしている方が、会社にいるよりもやりがいを感じているのだった。

「そう言えば……」

「何?」

「最近、荒岡見ないけど……」

「荒岡?」

「そう」

「谷田、知らないの?」

「え?」

「荒岡、亡くなったよ」

「え、ほんま」

「三ヶ月ぐらい前から、荒岡が現場ドタキャンして、おっかしいなぁて親分が、あいつの家行ったんよ。あいつ一人暮らししてな、たまたま、家の鍵かかってなかったから、親分が部屋に入ってみたんよ。するとな、荒岡、意識がもうろうとしてな。すぐに救急車呼んで、病院に担ぎ込んだけどな。ダメやったみたいやで」

「な、なんで？」

「くも膜下出血やったそうや」

「くも膜下？」

「あいつ、忙しいて、ろくに食事もしてへんかったやろうし……」

「………」

「俺達も気付けなな」

「ほんまやなぁ」

〝荒岡が……〟

俺の頬に一筋の涙が流れ落ちた。

〝俺の、俺の師匠の荒岡が……〟

＊　　＊

「もしもし、谷田さんの携帯でよろしいでしょうか？」

この頃、優子からよく電話がかかってくるようになった。

「今度の木曜日、空いてます？」

優子も慣れたもので、俺の休みの予定を把握していて、その日にできそうな現場を優先的に紹介してくれるようになっていた。

「はい、空いてますけど」

「葬式のマナーに関する再現ですけど、いかがですか」

「え……。お願いします」

〝俺、死ぬのか……〟

撮影当日、俺が朝七時に指定されたホテルの宴会場に行くと、

「ハイ、笑顔でお願いしまーす」

アシスタントディレクターがデジタルカメラで俺の顔写真を撮ってくれた。

「ハイ、もう一枚」

「ハイ、ＯＫです」

午後、俺は都内の昭和時代に建てられた撮影スタジオに移動し、撮影が始まるまで、エキストラ仲間とたわいのない話をして過ごした。

映画やドラマの撮影はスタジオで行う時もあれば、テレビ局の中で行われる事もあるし、時代背景に合わせて、空き家となったハウススタジオや企業の休日、店の開店前を使って行われる事もある。場合によっては、静岡県や群馬県などに観光バスに乗って行く事もあり、そのよ

うな時は新宿に午前六時集合がお約束で、その時間に行けなければ、参加できないのである。まだバブルで景気が良かった頃は、終電がなくなってもタクシーで家まで送ってもらえたのだが、二〇一〇年頃から景気が悪くなった今では終電に間に合うギリギリの時間で帰らされる。なるべく山手線に近い所に住んでいる方がエキストラをする上では有利な事が多いのである。

俺が住んでいる用賀も、その意味では、不利とまでは言えないが、終電を逃がすと自腹でタクシーに乗らなければならず、その日の出演料を軽く上まわり赤字になる事が度々あった。特に人気のあるドラマは出演料が安くてもエキストラが集まるし、今ではボランティアでやるエキストラも多いので、出演料が抑えられる傾向が強まり、エキストラだけで生活できる状況からは程遠い時代になってしまった。

しばらくすると、アシスタントディレクターが俺を呼びに来た。

和室のセットに入ると布団が敷かれていて、布団の上あたりにろうそくが一本立っていた。

「こちらにお願いします」

「はい」

俺は敷かれた布団に横になった。

「もう少し上へ」

「こんな感じですか？」

「はい、はい、そこで」

「失礼します」

俺の顔に白いハンカチが被せられた。

「息は止めてくださいね」

「はい」

「お腹は動かさないように」

「はい」

布団の周りを囲んでいる親族役のすすり泣く声がわずかに聞こえてきた。

〝死ぬって、こういう事なのか……〟

「谷田さん!! 大丈夫ですか?」

俺はハッとして我に返った。

〝良かった、生きてる!!〟

「南無妙法蓮華経」

僧侶役がお経を唱えていた。

何人もの弔問客役が順番に線香をあげていた。俺も弔問客の一人として、線香をあげる順番を待っていた。もっとも先程は死んでいたのに今は生きている、一人二役などエキストラではよくある事だったし、事実、この日は朝結婚式の披露宴の客役もしていたのだった。黒い略礼服に黒ネクタイと白いハンカチ、手には念珠を持ち、まるで本当の葬儀に参列しているかのようだった。

俺の順番が来たので、俺は神妙な顔をして線香をあげようと祭壇を見たら、そこには、黒縁の額にふちどられた満面の笑みの俺の写真が飾られていた。

〝あ、死んでる!! 俺!! え、朝、撮った写真が……う、うそ……俺って、こんな笑顔するんや!!〟

何とも言えない気持ちだった。

〝優子は、この写真を見るのだろうか? 佳代が、本当にこの写真を見たら、泣いてくれるのだろうか?〟

俺には確証がなかった。

＊　＊

「申し訳ないが、今月のギャラ来月に延ばしてくれない?」

芸秀の社長が俺にこう言ってきた。

「構いませんが」

次の月も同じように、

「悪いが、来月二ヶ月分きっちり払うからお願いしますわ」

「別に構いませんけど……」

二ヶ月後にやっと、

「遅くなって申し訳ない」

「ギャラ確かに受け取りました」

二ヶ月遅れの給料を手にすることができたが、先延ばしにしている二ヶ月分は未払いのままだった。

「芸秀、大丈夫かなぁ」

「谷田、何ヶ月貰ってない？」

「二ヶ月分ジャンプしたけど」

「俺、三ヶ月ジャンプしてるから十万円は貰ってないよ‼」

「ほんまに？　噂では相当やばいらしいよ」

「え」

「なんか社長、病気して入院したらしいし、あそこのマネージャーも辞めたらしいぜ」

「………」

〝芸秀潰れたら、どないしょ。今さら、新しい事務所に登録するのも面倒くさいし、かと言って、五十歳も後半に近づいて、今さら仕事をそこがくれるとも限らへんし……。困ったなぁ。それより俺、二ヶ月分のギャラまだ貰ってないし……、ま、ええけど〟

そして三ヶ月後のある日、
『芸秀の社長は自己破産をし、芸秀は整理する事になりました。債権者は独自で取り立てをする事を禁止します』二〇二二年十一月
裁判所から手紙が一通ポストに入っていた。

第三章

「ねえ、文《ふみ》の夢は何？」

急に佳代が俺に聞いてきた。

「夢って？　佳代より一秒でも早く死ぬ事」

「そうじゃなくって、文は何がしたいの？」

「そうやなぁ。後世に生きた証しを残したい」

「生きた証しって？」

佳代は不思議そうに俺の顔を覗き込んだ。

「だって、今のままやったら何にも残らへんやんろ」

「私を置いて先に死んじゃ嫌、絶対嫌だからね!!」

「会社に行っても、たかが知れてるし、社長やって言うても、何年か経ったら忘れられてしまうやろ」

「まあね、まあまあね」

「だから、社長とかになった人は、たぶん自分の功績を世に残す為に、本出すんとちゃうかなぁ」

「うーん」

「俺も小説ぐらい書けたらなぁ。少なくとも国会図書館には俺の名前が残るやんか」

確か国会図書館には出版された雑誌を含む全ての出版物が所蔵されていると俺は聞いた事があった。俺も経済誌の『文芸ビジネス』の意見コーナーに投稿し採用された事があるので、名前が残っているっちゃいるけど、本当に残っているという確証はなかった。

「でもなぁー。小説って原稿用紙三百枚は書かんなあかんやろ。随筆かってそうやんか」

「うん」

「俺、そこまでの文才ないしなぁ」

「………」

「もしかして、作詞ぐらいやったらできるかなぁ。だって、あれ、原稿用紙一枚ぐらい書けばええんとちゃうの」

「まあねぇ。まあまあねぇ」

次の日、会社から帰った時だった。

「ただいまぁ」

「おかえりなさい。ねぇねぇ、これ見て、今日、本屋さんでこれ見つけて買ってきたの」

「これって？　『募集の道標《みちしるべ》』……、何これ」

「ほら、見て見て……いっぱい募集あるよ。ほら、音楽のコーナーに作詞の募集も」

「ふーん」

「ほら、文は昨日、作詞したいって言ってたじゃない」

「そうだっけ」

「作詞、頑張りなよ」

佳代は俺の言った事をすぐに真に受けて、パッと行動に移すところがあり、迷惑と言っちゃあ迷惑だが、そこが佳代の可愛いところでもあった。

俺は募集の道標の作詞募集をパラパラめくってみて、『三重コンサルタント』という文字に目が留まった。

〝三重コンサルタントって何だろう。作品募集って書いてあるし、ひとつ書いてみるか。応募料二千円か。まぁそんなに高くないし、俺の書いた詞が歌になればいいか〟

俺は早速、商店街の文房具屋へ飛んで行き、四百字詰めの原稿用紙一冊を買ってきた。

『あー私は　今　恋をしてる
あなたの瞳に　……』

〝うーん、なんか違うな……〟

早速、俺は原稿用紙に向かった。
〝うーん、なんかなぁ……〟
『あーあなたの　瞳に　恋をして
私は今、……』
〝あれ、何か聞いた事あるよなぁ〟
確かに俺は今まで、Ｊ・ＰＯＰや演歌、歌謡曲などをほとんど聞いていなかった。
そもそも音楽なんて、中学校時代にブラスバンド部に入部してやり始めたぐらいで、これも高校二年生の時には嫌になって止めてしまったから、他のミュージシャンと比べて音楽に対する熱量は、はるかに低かった。
ギターやピアノを弾きこなすなんて、全くで、ギターコードすら満足に読みこなせない俺が、音楽に手を出す事は、音楽に真剣に取り組んでいるミュージシャン達に対する冒涜に他ならなかった。
『あー、あなたの　瞳に
心が動いたの　私
なぜ　なぜなの　分からない
誰か　教えて　この気持ち……』
〝うーん、何となくいい感じだけど……、なんかなぁ……。でもこの線で書いてみようか〟

突然、俺の頭の中に、佳代が俺に見つめられている姿が浮かんだ。
〝待てよ、佳代になりきって書いたら……〟
俺は書きかけの原稿用紙を破り捨てた。
『あー　あなたの　瞳に
心が動いたの　私
なぜ　なぜなの　分からない
誰か教えて　この気持ち
今まで　一人　生きて来た
ひとりぼっちが　好きだった
でも　今日から　変わるのね
私は　今　恋したの』
〝おー、何かいい感じ〟
俺が頭をひねっている横で、佳代は寝そべりながら、ファッション雑誌をペラペラとめくっていた。
「ねぇ、ねぇ、佳代、どうよ、この詞？」
「え、どれどれ、ちょっと見せて」
俺が原稿用紙に書いた詞を渡すと佳代は面倒くさそうに一瞥した。

「ねぇ、いい詞やろ」

「ふーん」

「どう、どうよ?」

「文、この字、間違ってる!!」

「どこ、どこよ」

「生きて来たの来た、違うでしょ。ここでは漢字じゃなくてひらがなでしょ。もうー何やってんの。ちゃんと書きなさいよ」

佳代は原稿用紙を投げ返してきた。

「佳代、お前……」

「痛い、何すんのよー」

「うるさい、せっかくの俺の詞を!!」

「止めて!!」

俺は思わず佳代の髪の毛を引っ張った。

「佳代、ごめん」

〝この続き、どうしようかなぁ。ツーハーフにするか、ツーリフレインでまとめるか……〟

正直、どうやって詞を書けばいいのか俺は知らなかった。ただ、J・POPと言っても、松山聖子や中村明菜の楽曲を聞いていた世代の俺は、やはりロックやましてハードロックはさっぱり分からなかったので、そのような現代のJ・POP的な作品を書けなかった。

〝とにかく一番はこれでよいとして、この流れで二番まで書こう。初めて書いて出すから、ツーリフレインでまとめよう〟

何となく作詞の方向性が俺の中で見えてきた。

〝うーん、二番をどうしようかなぁ。まぁ、いいわ。今日は寝よう〟

音楽にはよく『歌の神様』が降りて来ると言われるが、一つの作品に没頭していると、ふっと詞なりメロディーが浮かぶ瞬間がある。

その瞬間をすぐに紙に書き残せる才能のあるなしがプロになれるか否かの分かれ道である。

一、あーあなたの　瞳に
心が動いたの　私
なぜ　なぜなの　分からない
誰か教えて　この気持ち
今まで　一人　生きてきた
ひとりぼっちが　好きだった
でも　今日から　変わるのね
私は　今　恋したの

二、あーあなたの　微笑《ほほえみ》に
心が躍ってる　私
なぜ　なぜなの　不思議なの
あなた無しで　いられない
今日から　あなたと　生きていく
ひとりぼっちに　さようなら
そう　瞬間《いま》から　変わるのよ
私は　今　恋してる
そう　瞬間《いま》から　変わるのよ
私は　今　恋してる

〝できた……〟

俺はこの作品に『恋する乙女』と名付けた。

この作品を『募集の道標』に載っていた三重コンサルタントに送ってから一週間後、秋月という名の講師から返事が来た。

『前略
君の作品は、作品の構成がなかなかしっかりしている。今回の作品は佳作とします。頑張ってください。

草々』

〝佳作か……。まあいいや、少しは目があるかなぁ〟

俺は、期待半分、落胆半分だった。

〝次、頑張ろう〟

すぐに、俺は作品を書き応募した。結果、秋月からの返事は同じ内容であった。

それでも俺は諦める事なく応募して、五回目の時であった。

『前略

君の作品は、J・POPを志向しているが、J・POPをやっているアーティストは、そんなに多くはいない。一方、あまり知られていないが、演歌歌謡曲を唄う歌手は全国で七千人から八千人はいる。だから君は、演歌歌謡曲の作品が書ければ、それだけ作品を唄ってもらえる可能性が高いので、そっち方向の作詞をした方がよい。頑張ってください。

草々』

という返事が返って来た。

〝演歌歌謡曲か……〟

俺はどう書いていいのか分からなかった。

「佳代、秋月先生がさぁ、詞、書くんやったら、演歌歌謡曲書けってさ」

「演歌ねぇ……」

「………」

佳代は本当に行動が早かった。

「ただいま～」

「おかえり、何買ったの」

「青空ひばりとマリア・リンのＣＤ」

「ＣＤ？」

「そう、これしっかり聴いて勉強して!!」

「………」

＊　＊

「演歌の詞ってどういうふうに書けばよろしいんでしょうか？」

俺は秋月が住んでいる三重県松坂市に来ていた。

「谷田君、演歌っていうのは、まず七五調で五行から六行、三番まで書くのが基本だよ」

秋月は諭すように話した。

「一曲の長さは五分くらい、だいたいテレビでは二分半から三分の間で流すから、一番と三番だけでも詞が完結するように書くのがポイントだよ」

「一番と三番で完結？　ですか？」

「そう、一番と三番、もしくは一番と三番の半分くらいで」

「へぇーそうなんですか」

　俺は少し面食らってしまった。

「それから、演歌って演じる歌って書くだろう。つまり歌手が演じるように書かないと良い歌にはならないよ」

「演じるように……？」

「そう、聴いている人達がその歌の世界に自分を投影できる。なんて言うのかなぁ。その歌の世界の主人公になるような詞でないと良くないんだよ」

「はい、……」

　さすが秋月は、テレビ局のプロデューサーをしていたらしく、まるでドラマか映画を歌にしたのが演歌だと言わんばかりだった。

「谷田君」

「はい」

「いい演歌とは、歌手や聴いている人が、様々な解釈ができる歌の事を言うんだよ。決して作詞家が自己満足しているだけじゃない歌、こういう歌は作詞家が酔っているって僕は言っているのだがね」

「えー、そうなんですか」

「谷田君、君は詞の構成力がしっかりしているので、今、僕が言った事を頭に入れて作詞をするといいよ」

「はい、分かりました」

〝難しそうだなぁ……〟

秋月と別れてから、俺は正直、作詞は奥が深いという事を理解しただけだった。

秋月と別れてから一ヶ月間、俺は佳代が買ってきたCDを聴いていた。

『津軽、今夜は雪じゃろうか』

〝津軽弁の詞が書けたら………〟

俺はふっとそんな気になった。

〝確か、俺の住んでいる近所の桜新町は、昔、青森からの集団就職の人々を受け入れていたなぁ……。そうだ、出稼ぎをテーマに書けないのかなぁ。うーん。津軽弁……〟

そう考えていると、俺の脳裏にふと詞が湧いてきた。

『津軽今夜も　雪じゃろか

お岩木さんも　雪じゃろか

囲炉裏パチパチ　呼んどるべ
東京で　汗たらし
春っ子早よ来い　帰るけん
じょんがら節も　なり響く』

〝うーん、この後どう続けようか……〟
程なく詞が浮きあがって、俺のペンを無意識に動かしていった。
〝うっそ……〟

『津軽今夜も　雪じゃろか
お岩木さんも　雪じゃろか
囲炉裏パチパチ　呼んどるべ
東京で　汗たらし
春っ子早よ来い　帰るけん
じょんがら節も　なり響く

津軽今夜も　雪じゃろか
竜飛岬は　荒とろう
囲炉裏のそばで　しびれとろ

東京で　しもやけさ
春っ子早よ来い　楽になる
じょんがら節よ　泣かせるな

津軽明日は　晴れじゃろか
お岩木さんに　陽がのぼり
小春日和に　なごんどろ
東京で　銭稼ぎ
もうすぐ春っ子　帰るけん
じょんがら節よ　迎え来い』

〝できた……〟


「佳代!!　書けたよ!!　見て、見て!!」

佳代は、そっけなかった。

「いいんじゃない」

「早速、秋月先生の所に送るから」

「あっ、そう」

俺は郵便局へ急いだ。

一週間程経った頃、秋月から返事が来た。カセットテープが入っていた。それは、秋月が作曲した曲にのせて秋月が唄う俺の作品のデモテープだった。

『前略

今回の君の作品は良くできていたので、作品として付曲をした。この作品を絶対にコンテストへの応募作品としないようにしてください。

一般的に、プロの作品は一億円売れなければなりません。でないと、あの先生も落ちたなぁって言われます。それぐらい厳しい世界ですが、プロになりますか？　なる場合は、プロコースがありますので検討してください。

草々』

〝プロかぁ……〟

「ねえ、文ちゃん、今日、秋月先生から電話があったよ」

「秋月先生が何だって？」

「あのね、旦那さんが今、作詞に取り組んでるし、プロになる実力もあるみたいなんです。せっかくの才能があるけど、多くの場合は、奥さんがダメ出しをして結局、無駄にしてしまうんですよ。奥さん、絶対、旦那さんの才能を無駄にしないでくださいね。だって」「秋月先生、そんな事佳代に言ったの」

「そう、そうなの」

確かに、俺は才能の有無は別として、プロになる事に何か魅力を感じた。

〝プロかぁ……。印税生活かぁ……。一発当たると十万枚のヒットで一枚百円として一千万円、五十万枚だと五千万円……。いいなぁ〟

俺は作品を作る事よりも、印税がいくら入ってくるか？　ばかりを考えていたのだった。

＊　＊

「谷田君、君はプロの作詩家になるつもりがあるのかね？」

「は、はい。プロになりたいです」

「そうしたら、プロの作詩家養成コースがあるので、そちらを受講しなさい」

「は、はい」

「年間の受講料が二万四千円、一作品当たりの指導料が五千円になります」

「は、はい」

「こちらが申込用紙です。来週までに記入して、受講料を振り込んだ用紙を添えて送ってください」

「は、はい分かりました」

秋月からプロの作詩家養成コースの受講を勧められ、俺は何の疑問も持たずに、言われるがまま、そのコースを受講した。

〝もしかして……。ま、いいか。騙されるなら、とことん騙されよう〟

俺は秋月の素性を全く知らなかった。が、一週間に必ず一作品を書いては秋月に送る。すると、いつも詞に合わせて作られた簡単な譜面とデモテープが返送されてくる。こんなやり取りが三年続き、気が付けば作品数は百八十七になっていた。

「谷田君、そろそろ君の作品をCD化しようと思うけど」

秋月からの電話は予想外だった。

「え、本当ですか?」

「製作費として四十万円必要だが、谷田君、出せるかね?」

「えっ?……、は、はい……」

「CDは一枚二千円で千枚買い取りになるけれど、いいかね」

「千枚……ですか?　分かりました」

「じゃ、代金は今度の金曜日までに……。曲は、『神楽坂』でいくので、よろしく」

「『神楽坂』ですか。分かりました。よろしくお願いします」

〝四十万円……。千枚かぁ……〟

俺は正直CDを作るのに、これだけの費用が必要だとは思っていなかった。

三ヶ月程して、みどりという名の歌手が唄うCDが千枚、俺の家に届いた。みどりは三十代ぐらいの知的な女性だとCDジャケットを見て思ったが、本人と会う事は一度もなかった。ただみどりが唄う『神楽坂』は、昭和情緒が漂う作品に仕上がり、俺はとても気に入っていた。

「谷田君、日本音楽著作者権利協会に入会できる。君も、日本音楽著作者権利協会に入った方がいいよ」

「日本音楽著作者権利協会……ですか？」

俺はその協会の事をよく知らなかった。

日本音楽著作者権利協会（通称ＪＭＲＲＡＣ）は、音楽の著作権の管理団体で、音楽の利用者へ利用の許諾を行い、著作権者へ使用料を分配する一般社団法人で、会員は五千四百人程いる。この協会に所属し作品を登録する事で、いわゆる印税が貰えるので、著名な作詞家、作曲家、アーティスト等は、ほぼ会員登録をしていると言っても過言ではないだろう。

その協会に秋月は俺を推薦してくれると言うのだ。

「申込書を送るので、すぐに手続きをしなさい」

「ありがとうございます」

そして、二〇〇三年十月俺もＪＭＲＲＡＣの準会員となり、この時点でプロの作詞家の仲間入りを果たした訳であった。

そして『神楽坂』を出して、初めての印税として二百五十円程ＪＭＲＲＡＣから頂いたのだった。

＊　　＊

俺が『神楽坂』のCDを出してから三年半が過ぎた頃だった。

「JMRRACが制度を見直し、四年間、印税収入のない会員は、会員資格を失うらしいよ」

「え、本当ですか?」

「俺は、そんな制度変更はおかしいと、JMRRACに再三抗議しているが、駄目みたいだ」

「え、そうなんですか?」

「谷田君、君の場合は今回何とかクリアできそうだが、生徒の中には資格を失う人もいる」

「えっ」

＊　　＊

俺は秋月が曲を付けた百八十七曲の作品登録がものを言って、俺が知らないところで俺の作品が唄われているようで、なけなしの印税があったので何とか資格を失わずに済んだのだった。

『神楽坂』のCDを出してから七年が経過していた。秋月の後ろ盾てを失ってからは、俺は鳴かず飛ばずで、印税を一円も手にできないでいた。その一方、ハイランド物産では仕入れ担当者としてそれなりの仕事をしていたが、係長だったので責任も権限も少なく、会社の仕事よりはむしろエキストラと作詞に力を注いでいた。

そんなある日、「秋月は永眠しました」と一行だけ書かれた葉書きが、ポストに入っていたのだった。

〝やばい、何とかしなくては〟

「実は、私、休みの日に作詞をしていまして、一度CDを出してJMRRACの会員になったんですが、もう一枚CDを出さないとJMRRACの会員資格を失うんですよ」

「へぇー、そうなんですね。そう言えばうちの会社に、前、王様レコードに勤めていた人がいるから聞いてあげましょう」

ハイランド物産の取引先の社長と商談後、居酒屋に飲みに行った時の事だった。

「ほ、本当ですか？　ありがとうございます」

「いえ、いえ」

「今度、御社一押しの商品、流通企画部の同期に薦めておきますよ」

「いや、いや、そんな事しなくても。いつも良くして頂いてるので……」

社長は軽く手を振った。

「じゃ、ここは俺が持ちます」

その後、取引先の社長を介して紹介された王様レコードのプロデューサーである財前は、いかにも業界人らしい風貌の男性だった。

「谷田さん、CDを出したいという事ですが」

と財前は俺に聞いた。

「CDを出したいと言っても、できる事とできない事がある」

「はい」

財前は俺を見据えて言った。

「実は、私の師匠の秋月が他界して、来年までにCDを出さないと、JMRRACの会員資格を失う事になりそうなんです」

「ふーん」

「そこで、何とかしてCDを出せないかと思いまして……」

「なるほど……。分かりました。それでは製作最低必要枚数の二百枚でいいだろう。とりあえず、作品をいくつか僕の所へ送ってください」

「はい、早急に送ります」

作品を送って一週間後、財前から連絡があった。

「ＣＤ二百枚を出すのに製作料が税込み七十三万円、スタジオ使用料が十五万円、それと別で歌手への謝礼金、これは領収書が出ないけど十五万円必要ですが、よろしいですか」

「え……。よろしくお願いします」

「謝礼はレコーディングの日に直接歌手に渡してください」

「は、はい。承知しました」

「歌手は、花村恋という方です」

〝百三万かぁ。お金はこの頃旅行に行ってないから貯金で何とかなるにしてもなぁ、佳代がなぁ。花村恋？　よう知らんし……〟

佳代はいつものようにファッション誌を読んでいた。

「なぁ佳代、今度ＣＤ出そうと思うねん」

「ふーん、それで？　自分でお金出すんなら構わないよ」

「お金は何とかなるよ」

「なら、いいんと違う」

佳代は余程の事がない限り異を唱える事はなかったが今回は拍子抜けしてしまった。

その後しばらくして、恋から俺宛てに直接手紙が来た。

『初めまして
私は花村恋と申します。よろしくお願いします』

手紙と一緒に、王様レコードの手帳が同封され、王様レコードの所属アーティストの欄に書かれていた「花村恋」のところにピンクのマーカーが印されていた。

〝私も人気アイドルグループＡＫＳ49と同じ王様レコード所属のアーティストよ〟と強調しているかのようだった。

〝花村恋か……〟

恋は少し小柄な純和風な女性で、俺の十歳年下だった。

演歌歌手としてのキャリアは十年以上あり、立ち振る舞いに少しあどけなさは残るものの、その声はしっかりとしていて、どの歌手とも実力面においては勝るとも劣らない歌手だった。

＊　＊

「おはようございます」

「おはようございます」

「花村恋です。よろしくお願いします」

恋と初めて会ったのは、王様レコードの江戸川台スタジオだった。

「さっそく始めようか」

財前がプロデューサー席に陣取り、恋にスタジオに入るよう促した。

「お願いします」

俺はスタジオ前にあるソファーに腰かけて恋の唄を聞いていた。

「『川面に浮かぶ　星花火～』」

恋の唄う最初のフレーズを聞いて、

〝こ!!　これだ!!　俺のイメージは〟

恋は、詞の内容をよく理解しようとしてくれていた。

『渡月橋』

俺が住んでいた大阪では、渡月橋にカップルで行くと別れるという都市伝説があった。

俺はそれをテーマにして、女子大学生が、別れた彼氏を思い出すという京都を舞台にした作品を書いたのだった。

恋はその女子大生になりきって唄う事で、淡い初恋をした彼女の淡い思い出がせつなく描き出されていった。

〝さすが、恋は素晴らしい。きっと、秋月先生も喜んでくれるだろう〟

俺は、恋がこの唄と真正面から向き合ってくれた事に心から感謝するのだった。

「へん？　下手じゃなかった？」

唄い終わって、恋は心配そうに財前と俺を見ながら言った。

〝どう、私の唄上手でしょう。あんたの唄、唄ってあげているのよ〟

という、上から目線ではなく、

〝本当に、上手に唄えているかしら、谷田先生の思いに応えられているかしら？〟

と、恋は心から心配そうだった。

〝大丈夫、文句の付けようがない〟

〝恋、本当にありがとう〟

俺は、心の底からそう思った。

「ありがとう」

「じゃ次いこうか」

財前は、恋に次の曲のレコーディングを促した。

「『東京じょんがら節』はこんな感じで……」

「すみません。もう少しアップテンポで、お願いします。あんまり暗いイメージにしたくないので」

「え？」

俺の提案に恋も財前も少し面食らっていた。

じょんがら節と言えば、どうしても津軽の厳しい冬をイメージしやすく、曲調がスローで暗い感じになるが、俺はどうしてもそれだけは避けたかった。

なぜならば、この作品は、出稼ぎに来た男が故郷津軽に残してきた家族を思いやりつつ東京で頑張っている姿を描いたもので、お涙頂戴よりも、元気で前向きな作品に仕上げたいという俺の願いがあったからだった。

「どうしよう……」

「曲と曲の間にハイ・ハイという合いの手が入る感じで」

さすが財前は王様レコードのプロデューサーだ。俺の思いをすぐに感じ取り、恋に的確な指示を出す。

財前と恋には、あうんの呼吸があり、恐らく強い師弟の絆があるのだろうという気が俺にはするのだった。

恋は恋で、アドバイスを聞くや否や、今まで自分がイメージして練習した唄い方を瞬時に投げ捨て、故郷を思う気持ち、東京で頑張っている自分、春になったら帰郷する楽しみをみごとに表現しきっていくのだった。

〝恋!!　さすが……〟

俺は、恋の歌手としての技量、そして唄に対する姿勢に、

〝やはり、プロの歌手とはこういうものなのか……。こんなに、上手でも……。頑張れ!!　恋!!〟

と繰り返し思うのだった。

レコーディングは三時間弱で終わった。

「ありがとうございました」

「こちらこそどうもありがとうございました」

「仕上がりが楽しみです」

「頑張ります」

その後、恋と会う事はなかった。

＊　＊

「谷田君、君、作詞をするなら、日本作詩家連合に入った方がいいよ」

「日本作詩家連合？」

俺は日本作詩家連合についてよく知らなかった。

「日本作詩家連合って？」

「有名な先生が集まる団体で、ＡＫＳ49の秋本健先生も会員だよ」

「へー、そうなんですか？」

「よかったら、紹介してあげるよ」

「よろしくお願いします」

日本作詩家連合への入会を勧めてくれたのは、例の取引先の社長だった。

俺は、王様レコードから花村恋の歌唱でＣＤをリリースした事もあり、すんなり会員になれた。確かに、連合には名曲を数多く生み出している、里山先生や喜多村先生などが名を連ねており、それこそテレビでしか見た事のない先生が多数おられた。そして年一回の伊豆の研修旅行では、その先生方と一緒にお酒を飲んだりした。

「先生、作品を書くポイントは何ですか？」

「君、そんな事教えられると思うのか？」

作詩家連合の会員と言えども、同業者である意味ライバル関係にあるので、石山先生が俺に言い放った言葉は的を射ている。

里山先生や喜多村先生のように数多くのヒット作を生み出してきた先生は、俺の同じ質問に対しても、真剣になって、

「谷田君、それは経験と気付きだよ」

「もっと他のヒットしている先生の作品を勉強しなさい」

と具体的にアドバイスをしてくれるのであった。

また、夏の懇親会にはレコード会社のプロデューサーや、カラオケ会社の営業マン、芸能プロダクションの社長なども集まって、様々な情報交換を行うにはもってこいの場であった。ありがたい事に、恋が所属している青空プロダクションの社長とも名刺交換をする事ができた。

「恋さんはどうしてるのですか？」

「ああ、元気にやってるよ」

「王様レコードで？」

「いや、ボーダレコードに移籍したけど」

「ボーダレコードへ？」

「そう、北　恋に名前を変えてね」

「北　恋にですか……？」

「そう」

「例の『渡月橋』『東京じょんがら節』、カラオケに入れても構いませんか？」

「花村恋の名前の下に（北　恋）と付け加えてくれたら」

「まだ先の話ですが……」

「入れる時は必ず私に連絡してな」

そんなやり取りを青空プロダクションの社長と直接できたのも、連合会員になったお陰だった。

その会合で、

「谷田先生！　私の師匠の作曲家を紹介しますよ」

声をかけてきたのは、王様レコードから歌手デビューした田島だった。

「森本先生って言うんだけど、今度この連絡先に電話してみなよ。いい先生だよ」

「森本先生……?」

俺はその先生の事を全く知らなかった。

何となく気になった俺は一週間後、田島から渡された森本先生の名刺に書かれた連絡先に電話を入れた。

「もしもし、森本先生ですか?　谷田と申します」

「もしもし、谷田先生、田島より話は聞いています。一度会って話をしましょう」

「今度の木曜日なら大丈夫です」

「じゃあ新宿伊勢屋の前で午後一時に」

「木曜日の午後一時、伊勢屋前で、よろしくお願いします」

「それじゃ、よろしく」

森本は気さくな感じの男性だった。

「こんにちは、谷田です」

「やあ、森本です」

一時を少しまわった頃、いかにも作曲家という風体の森本が伊勢屋にやって来た。

「谷田先生はもう何年ぐらい作詞をしているのかね?」

「十年ぐらいです」

「作詞は難しくてねぇ。得意じゃないんだよ。一度先生の書いた作品見せてよ」

森本は少しせっかちなところもあるようだった。

「あ、そうそう、毎週日曜日に高円寺の『ゆとり』というお店で、俺レッスンしているから一度遊びにおいでよ」

「何時ぐらいからですか？」

「そうね、だいたい一時から四時くらいまで、その時間なら何時に来てくれても構わないよ」

「え、そうなんですか？　じゃぁ今度お伺いします」

『ゆとり』は雑居ビルの地下一階の割と広めのクラブで、グランドピアノで生演奏を唄ったり、カラオケができる昭和の香りが漂う少し古めかしい店だった。

「こんにちは」

「やぁやぁ、ようこそ、ようこそ」

「森本のレッスンを覗きに行った日は、初老の女性と俺よりも少し年上の男性が発声練習をしていた。

森本はピアノを弾きながら、腹式呼吸による発声方法を彼らに教えているところだった。

「あああああああ」

「ハイ」

「あああああああああ」

「半音上げて、ハイ」

「あああああああ」

「谷田先生も一緒に」

「ああああああああ」

〝あれ？　俺、歌手じゃないんだけど……〟

俺は、発声練習を彼らと一緒にやらされて少し不満を感じてしまった。

「いく子さん、じゃあ『東京台場道路』の練習をしよう」

森本はそう言って、シティポップ風なメロディーを弾き始めた。

「ひとりソファーで～」

いく子は、どことなく寂しそうな声を出しながら、大人の失恋した女性の曲を唄い上げていくのだった。

そもそも、この手の作品は、不倫ものが多く、その不倫をどのように詞の中で描ききるのかが、作詞家の腕の見せ所なのである。

〝『東京台場道路』か……。待てよ、『東京台場道路』が車をテーマにした曲なら、B面は電車だ!!〟

俺は、そう閃いた。そして、すぐにカバンから原稿用紙を取り出して詞を書いた。

「先生、できました」

「谷田先生、『ゆりかもめ』？『乱れたシーツを　整えて　タバコの煙を　くゆらせて』ほー、なかなかいいね」

森本は俺の詞に早速メロディーを付けた。

「先生、この作品、いく子さんの『東京台場道路』のカップリング作品をイメージして書きました。だから題名は『ゆりかもめ』です。同じ場所をテーマにいく子さんがCDを出したら、絶対売れますよ!!」

「確かに……」

「しかも、同じ場所をテーマに二曲を一枚のCDで表現した歌手って、正直いないと思いますよ!!」

「なるほど……」

「本当、日本初のCDができますよ!!」

「うーん」

森本は、俺の熱意に圧倒された様子だったが、いく子にCDを出させる良いチャンスだと思っていたようであった。

＊　＊

「谷田先生、ＣＤを出す事になったんだが」

森本のレッスン場を訪れてから一ヶ月程経ったある日、森本から電話があった。

「森本先生、え、本当ですか？」

「うん、あの『ゆりかもめ』、なかなかいい作品で、いく子の『東京台場道路』のカップリングにと考えてるのよ」

「え、本当ですか？」

「当然、カラオケで唄えるようにしようと、思ってるよ」

「え、すごいじゃないですか？」

「そこで、谷田先生、お願いがあるのだが……」

「お願いって？」

「カラオケにこの曲を入れるのに五十万円要るのよ」

「五十万円ですか？」

「そう、来週までに五十万円私に支払ってくれたら、谷田先生の『ゆりかもめ』をカラオケに入れてあげるけど……」

「あ、はい、分かりました」

〝五十万円かぁ。出して出せない金ではないか〟

俺はそう自分に言い聞かせて、五十万円を翌週までに準備したのだった。

＊　　＊

「谷田先生、例のお金大丈夫だった」

「はい」

午後一時過ぎ、新宿伊勢屋前で俺は森本と落ち合った。

「五十万円、確かに」

森本はそう言って、百均で作ったであろう名刺に『五十万円領収しました』と書いて俺に渡した。

「今日はこれから打ち合わせがあるので……」そう言って森本は人混みの中に消えてしまった。

一ヶ月後、森本からは、うんともすんとも言ってこなかった。

二ヶ月後、三ヶ月後、さすがに俺は変だと思った。

「おかけになった電話は、現在使われておりません」

「………」

〝や、やられた。五十万円……。森本は俺を騙すつもりだったんだ!! なんで、俺は森本なんかを信用したんだろう……。カラオケに入れてあげるだなんて……〟

半年経っても、森本とは連絡がつかなかった。

料金受取人払郵便

新宿局承認

2524

差出有効期間
2025年3月
31日まで
（切手不要）

郵便はがき

1 6 0-8 7 9 1

141

東京都新宿区新宿1－10－1

(株)文芸社

愛読者カード係 行

お名前《ふりがな》			明治 大正 昭和 平成 年生 歳	
ご住所《ふりがな》	□□□-□□□□			性別 男・女
お電話番号	（書籍ご注文の際に必要です）	ご職業		
E-mail				
ご購読雑誌（複数可）		ご購読新聞 新聞		

最近読んでおもしろかった本や今後、とりあげてほしいテーマをお教えください。

ご自分の研究成果や経験、お考え等を出版してみたいというお気持ちはありますか。

ある　ない　内容・テーマ（　　　　　　　　　　）

現在完成した作品をお持ちですか。

ある　ない　ジャンル・原稿量（　　　　　　　　　　）

書　名			
お買上 書　店	都道　　　　　　市区 府県　　　　　　郡	書店名	書店
		ご購入日	年　　月　　日

本書をどこでお知りになりましたか?

1.書店店頭　2.知人にすすめられて　3.インターネット(サイト名　　　　　　　　　)

4.DMハガキ　5.広告、記事を見て(新聞、雑誌名　　　　　　　　　)

上の質問に関連して、ご購入の決め手となったのは?

1.タイトル　2.著者　3.内容　4.カバーデザイン　5.帯

その他ご自由にお書きください。

(　　　　　　　　　　　　　　　　　　　　　　　　　　　)

本書についてのご意見、ご感想をお聞かせください。

①内容について

②カバー、タイトル、帯について

弊社Webサイトからもご意見、ご感想をお寄せいただけます。

ご協力ありがとうございました。

※お寄せいただいたご意見、ご感想は新聞広告等で匿名にて使わせていただくことがあります。

※お客様の個人情報は、小社からの連絡のみに使用します。社外に提供することは一切ありません。

■書籍のご注文は、お近くの書店または、ブックサービス(0120-29-9625)、セブンネットショッピング(http://7net.omni7.jp/)にお申し込み下さい。

そこで、俺は日本作詩家連合の知り合いに森本の事を聞いてみた。

「森本先生をご存知ですか?」

「森本、あ、あ、あの先生、気を付けた方がいいですよ。例のいく子さん、知ってるでしょ、あの人、新しいCDを出すからって、百万円払ったらしいですけど、半年経っても全然動いてもらえないって言ってたよ」

「え、そうなんですか?」

「更に、八王子の病院の院長から七千万円ぐらい引っ張ったっていう噂も聞くし……」

「………」

正直俺は参ってしまった。

＊　＊

「すみません。実は、私、詐欺に遭いまして、被害届け、出したいんですが」

知り合いから森本の事を聞いた俺は、一週間後、新宿警察署に行く事にした。

「詐欺ですか?　詳しくお話を伺いますのでこちらへどうぞ」

二十代後半か三十代前半の刑事が二人、俺の対応にあたってくれた。

「詐欺って、具体的にどのような……?」

「実は、立川に住んでいる森本という人から私の書いた曲をカラオケに入れると言われて、五十万円払ったんです」

「あなた、作詞を？」

「はい、でも、全然カラオケに入れてくれないんです」

「あなた、自分で払ったんでしょ？」

「はい……」

「今、入れる準備をしてるんじゃないですか？」

「もう、お金を払ってから三ヶ月は経ってるんです」

「連絡はしてみました？」

「はい、それが、繋がらないんです」

「住んでいる場所はご存知ですか？」

「はい、東京都立川市古町一丁目三十五番地五号のアパートです」

「行ってみました？」

「もちろん行きました」

「で、」

「どうも、住所があやふやで……」

「詐欺かどうかは分かりませんが、どうされます？」

「とりあえず、被害届けは出しておきます」

「じゃあこちらの書類に記入してください。一応、立川署の方へは連絡は入れておきますが、今後は充分気を付けてくださいね」

二人の刑事は、極めて事務的に対応したのだった。

〝確か前に会った作曲家の人も、おばあちゃんが病気でとか言ってたし、そう言えば森本も妻が病気でとか言ってたなぁ。そうやって、何も知らない俺みたいな曲の書けない、曲を作れない人から金を貰ってるのかな。全国的に名前が売れてない人って、こんな詐欺まがいの事してるんや。人を騙して、何が音楽や!! そんな人の書く曲なんて腐ってるに決まってる。だからいつまで経っても、売れへんし、ヒットせえへんとは当たり前や〟

俺は、そう思うと、自分が情けなくなってしまった。

・

「もしもし、谷田先生」

「森本先生!!」

「久しぶり、実は例の『ゆりかもめ』、ＣＤができたので渡したいんだ」

新宿警察署に行ってから一ヶ月程経った頃、森本が連絡をしてきた。

「先生、先生と連絡を取りたかったんです。どうされてたのですか？」

「そう、それは悪かったね。作曲の依頼が多すぎて……ハハハ。それに、いく子のキャンペーンもいろいろあって」

「そうですか?」

「それと、この『ゆりかもめ』詞がいいもんだから、曲に仕上げるのに相当力を入れたんだよ」

「ありがとうございます」

「毎週日曜日、吉祥寺でレッスンしてるから、来なさいよ」

「………」

「今度来た時、できたCD渡すから」

「はい」

その後俺は吉祥寺に出向き、森本から渡されたCDにはJMRRACのマークが入っていた。

俺は急いでJMRRACにこの『ゆりかもめ』の著作権登録をした。

しかし、三年たっても『ゆりかもめ』の印税が全く入ってこなかった。

「はい、日本音楽著作者権利協会ですが」

「実は、登録した『ゆりかもめ』の印税が入ってこないんですが……」

「印税が、ですか?」

「はい。この曲、カラオケにも入っているのに、全く印税が入ってこないんです」

「いつ頃、出されたのですか？」

「三年程前です」

俺は吉祥寺でCDを貰って以来、森本と直接会った事はなく、彼の動向はネットで確認するに留まっていた。

ネットではいく子が直接『ゆりかもめ』を唄っているところは見た事がなかった。PVがアップされており、カラオケで唄えるとのメッセージもあったので、実際にカラオケに唄いに行ったりはしていたのだった。

その後、森本はJMRRACの準会員から正会員になっていたらしく、俺はまた名刺で詐欺まがいの事でもするのかなぁ、と思うのだった。

しばらくしてJMRRACから返答の電話があった。

「もしもし、谷田先生ですか？」

「はい」

「お調べしたところ、確認が取れました」

「あ、そうですか」

「はい」

「そもそも、JMRRACの正会員の方がCDを出しながら、JMRRACに登録しないとはどういう事なのでしょうね？」

「………」

「調べてくださって、ありがとうございます」

そう言って、俺は少しホッとした。結果、森本に渡した五十万円は『ゆりかもめ』という作品がカラオケに入った事で製作費として何とか取り戻したが、ヒットする事がなく、その金をドブに捨てたに等しかった。

「もしもし、谷田」

「おう、川田」

「久しぶり、元気か？」

「あぁ、まぁ……」

二十年ぶりくらいの事だった。

「谷田、仕事はどうよ!!」

「どうよって？　さっぱり、窓際!!」

「本当かよ、……」

「本当よ、で、川田お前は？」

「まぁ、まぁな」

「ふーん」

「ところで、谷田、お前覚えてるか？　俺との約束」

「約束って？」

「ほら、ずっと前にした約束だよ、赤坂の……」

「あー、あの時は本当に申し訳なかった」

「でさぁ、久しぶりに会って飲もうよ」

「何時？」

「今度の金曜日、午後八時でどう？」

「午後八時」

「そう、赤坂の一ツ木通りの改札口出た所」

「分かった」

「俺の行きつけの店紹介するよ」

「高いんじゃないの？」

「うーん、平然平気、一人五千円で飲み放題にしてくれてるから」

「ほんまに？」

「ほんま、ほんま」

「じゃ、積もる話はその時に」

「じゃ、また」

待ち合わせの当日、俺は赤坂で飲むのだから少しは気合いを入れようと、カルディンのスーツにグーチのバッグ、時計はロデオと、端から見ても、俺、金持ってるぞ感がはっきり分かるようなスタイルにした。

めざとく見つけた若手の女性社員達が、

「ねえ、谷田さん。今夜、何かあるんですか？」

「青山近くでデートですか？」

「不倫はＮＧですよ!!」

女性社員達は口々に俺に話しかけてきた。

〝俺って普段は、本当にダサいのかなぁ〟

昔、正子を初めてドライブデートに誘った時、正子が、「谷田さんって、マークＶに乗ってるんだ」って俺に言っただけでなく友達に、「谷田さんって、車マークＶよ!!」って言いふらしていた事を思い出したのだった。

〝馬鹿にすんな!!　俺だって、たまには、こんなおしゃれもするんや!!　俺がグーチ持ってて何が悪い!!〟

と、内心、少しばかり、彼女達にムッとしたのが顔に出たのか、彼女達は、

「やだー、谷田さんたら」

「ハハハハハ」

と、軽く俺をあしらいながら、ランチに行ってしまった。

〝本当、ムカつくなぁ……〟

俺は、ずっと不機嫌なままだった。

＊　＊

「よっ、谷田!!　待った？」

川田が赤坂に着いたのは、午後八時五分前だった。

「おう、久しぶり」

川田は、ゲルマーニのジャケットにジーパン、インナーは白のTシャツと、ＩＴ企業の経営者らしくシティカジュアル風に着こなしていた。モノトーンでまとめ、端から見ると、どこにでもいるような、ちょっとおしゃれなちょい悪おやじの雰囲気を醸しだしていて、俺のような『成金感』がみじんもなかった。

「谷田、お前今何してるの？」

「本社に戻って会社の雑用」

「ふーん」

「ところで、お前は？」

「俺は前と変わらず商品開発、それから、会社全体を見てるで」

「え、てことは」

「まぁまぁ、その話は店で」

「う、うん」

「晩飯は？」

「そうやなぁ」

「軽く食べていけへん」

「いや、そんなんいらん」

「なんで……」

「実は、俺の店、ママがなかなかいい人で」

「ママがいい人って」

「なんせ、昔、銀座で店出してて」

「へぇー、銀座で？」

「俺、たまたま取引先に連れられてな」

「へぇー、」

「ほんで、知らんうちに俺、そこの常連になったんや」

「ふーん」

「ほんならな」

「ほんなら」

「ママが独立するって言いだしてな」

「独立するって」

「銀座では雇われママやってんけど、やっぱり自分の店、持ちたいって言うてな」

「ほんで」

「ほんで、俺も少しだけ面倒見たんや」

「面倒みたって」

「まぁええやん。ここや、ここの二階」

そこには『たまて箱』と書かれた店の看板のネオンが輝いていた。

「あら、いらっしゃい」

第四章

ママは、ボリューミーなロングヘアのアップスタイルの六十代前半の美人だった。

「ママ、こんばんは」

「あら、川田さん久しぶりね」

「そう、ここんところ、忙しくって」

「そうなの？」

「そうだよ。今、プログラミングの開発がすっごく大変なんだから……」

「本当に……？」

「本当だよ……あ、そうそう、今日俺の学生時代の友達、連れて来たからよろしく」

「よろしくお願いします」

「あ、こいつ、学生時代からずっと俺が面倒見てきたやつだから」

「あら、そうなの？　で、お名前は？」

「谷田と申します」

「あら、そう。谷田さんねぇ」

「私、ママの峰子。私のモットーはね、『銀座のサービスを赤坂で』なの」

峰子の声は多少、ダミ声気味だった。

峰子のスナック『たまて箱』はカウンター三席と、四人から五人がけのソファーが部屋の両壁沿いにあり、テーブル席が四つで客が十五人も入れば満員御礼の小さなスナックだった。またスナックにありがちなカラオケ機器があったけれど、唄うには一曲二百円が必要で今どき珍しい店だった。

「ママ、悪いんだけど、……」

「何よ」

「こいつ、俺の親友やし、この店を贔屓にするように言っとくから。こいつが来たら、五千円ポッキリで飲ましたってくれへんか？」

「五千円で……」

峰子は俺の顔を一瞥した。

「いいよ、分かったよ」

峰子はなかば吐き捨てるように言った。

「悪いね、ママ。恩に着るよ。おい、谷田。良かったな」

「あ、うん」

「この店、俺もよく通ったんよ」

「………」

こうして俺は、この『たまて箱』の常連の一人になった。

麗子と会ったのは、俺が通い始めてから、約一ヶ月が過ぎた頃だった。

俺がいつものようにカウンター横の席でウィスキーを飲んでいると、突然麗子が来たのだった。

麗子は、パッと見た感じ三十代前後で、少しあどけなさが残るが、しっかりした感じの女性で、佳代が熊本の血を引いている九州美人だとしたら、麗子は北海道の血を引いている北国美人で、色白系のもっちり肌がきれいな女性だった。

そして、誰に買ってもらったのだろうか、大きなシャネルのロゴのあるハンドバッグを持っていた。

「こんにちは」

「………」

俺は、軽く挨拶をしたが、麗子は一瞥しただけですぐに店を出て行った。

〝誰だろう……〟

俺は気になったが、初めて会った時、麗子が誰なのか、なかなか聞けなかった。

その後、何回か、麗子は店に来たが、俺がいると、すぐに帰ってしまった。

〝バイトの娘かなぁ〟

〝でもなぁ……何かちゃうし……〟

最初は、あまり気には留めていなかったが、俺は徐々に麗子の事が気になり出してきた。

「ママ、今の娘誰？」

「あぁ、あの娘？」

「そう」

俺は、どうしても気になって、ママに聞いてみた。

「麗子」

「麗子？」

「そう、あたしの娘」

「えっ？」

「あたし、なかなか子供ができなくて、もう、できないのかなぁと思ってたら、ある日ころんと生まれたのよ」

「ふーん」

「あの子、音大卒業して女優として、テレビに出てるんよ」

「あ、本当に？」

「そう」

「じゃ、俺と一緒や」

「あんたが？」

「そ、俺もエキストラやってて……」

「エキストラやろ」

そう言って、ママは俺の事を馬鹿にした目で見下した。

そもそもエキストラの位置づけは、ドラマや映画の背景として必要な、観衆や通行人、刑事ドラマの刑事・警官・鑑識等を演じる俳優達で、もちろんセリフはなく、セリフのあるキャストとは一線を引いているのだった。もちろんエキストラと言えども、普通の人々を演じなければならず、役柄によって芝居は異なるから、求められる内容は、役によって違うので優秀なエキストラは、レギュラーエキストラとしてドラマシリーズで呼ばれる事も多く、俺の知る限りでは、『バディ』の二人の刑事はまさにそのレギュラーエキストラであった。

一方、ちょい役でも、例えば通行人Aとしてセリフがあれば、番組ラストのクレジットや映画のエンドロールに名前が出るので、やはり大勢のエキストラとは役割が異なり、当然、撮影現場においても、その待遇に差をつけられるのだった。

〝麗子？　知らんなぁ。現場で会った事ないし……〟

俺は休みごとにエキストラを精力的にこなしながら、作詞もしている。

いわば会社、エキストラ、作詞を同時進行で行い、それが一つでも欠けると、心身ともに具合が悪くなってしまう日々を二〇〇三年から今日までずっと過ごしてきたのであった。

俺は、麗子とは現場で会った事はなかった。

「あの子は、岡山の芸能事務所に入ってて、そこの事務所の社長が、京都の東撮のプロデューサーと親しくてね」

「ふ……ん」

確かにググッてみると、麗子は、東京テレビの時代劇『木魚』というドラマに『おざぶ』という役で出演しているらしかった。が、よくよく調べてみると、バイプレイヤーではなく、ちょい役程度みたいだった。

〝どんな娘なんだろう……〟

俺はずっと気になって、とうとう会社の仕事も手に付かなくなり、佳代の話もうわの空になってしまった。

〝ははーん、こいつ、誰かと会ってるな〟

佳代は、俺の様子の変化にすぐ気付いたが、俺には、素知らぬ顔をしていた。

その後も麗子は、俺が店で飲んでいると、ちょくちょく顔を出した。

「こんにちは」

「………」

麗子は俺が挨拶をしてもニコリともせず、俺を避けるように、すぐにいなくなるのだった。

〝何歳ぐらいの娘なんだろう？　まだ若いから二十代後半から三十代前半かなぁ。結婚しているようには見えないし、かと言って、ＯＬ風でもないし……。女優だと言っても、そうテレビに出てるようでもないし……〟

見れば見るほど、そのミステリアスなところに俺は惹かれていくのだった。

「ママ、あの娘何年生まれ？」

「そんな事聞いてどうすんの？」

「いや、……」

「あんた‼　いやらしいわよ‼」

「そう言えばママは何年生まれ‼」

「あんた‼　どういうつもり？」

「いや……」

「あんた‼　本当に川田の親友？」

「うん、まあ……」

「本当、品がない人ね、明日から来なくていいから」

そう言って峰子はニヤリとした。

「一九五一年よ‼」

「え？」

峰子は見た目より若く見えた。もちろん商売柄、派手な衣裳と若作りの化粧をしているからだろうが、どことなくチャキチャキした姉御肌の性格から、俺は五十代後半を想像していたのだった。

〝とすると……、麗子はママが三十の時の子供として、今、二十七か……。待てよ、そう言えば、麗子をググッたら……。いやいや、止めとこ……〟

その後も一週間に一回のペースで店に顔を出したが、麗子は来なかった。

「あなた、他に女できたでしょ」

「できないよ」

「うそ、できたでしょ」

「できるはずないし」

急に佳代が俺の事をなじり出したのは、麗子が店に顔を出さなくなってすぐの頃だった。

「女、作ったら離婚するから‼」

「作るはずないだろ‼」

「本当？　本当に？」

「本当だよ」

「だって、近頃帰りが遅くなったじゃない」

「川田に紹介されたスナックに寄ってるだけだよ!!」

「どうせ、女が目当てでしょう!!」

「そんな事ないよ……」

「嘘、嘘ばっかり言って!!」

「嘘じゃないよ、佳代が一番!!」

そう言って佳代をなだめるのだが、麗子の事が気になって仕方なかった。

＊　＊

「こんにちは」

「こん……にち……は」

初めて麗子が俺の挨拶に応えたのは、店に通い出して三ヶ月を過ぎた頃だった。

「歌ってよく聞くの？」

「うん」

「誰の歌が一番好き？」

「うーんと、幸田明日《あすか》とか……」

「幸田明日？」

「そう、幸田明日」

「ふーん……」

正直、俺には幸田明日の事はよく分からなかった。もっとも俺達の世代のアイドルと言えば、松山聖子や中村明菜、ワンコクラブなどが全盛で、中学・高校のブラスバンドではある種定番だった。

「もし、よかったら幸田明日の曲、何か唄ってよ」

「えー、今日はちょっと……」

麗子はスマホをいじりながら、軽く俺をはぐらかした。

峰子は鋭い目で、俺と麗子を見ながら、ドスが利いた声で、

「麗子、明日早いんだから、今日はもう帰んな」

と、さっさと麗子を店から追い出した。

「あんた‼ 麗子に手を出すんじゃないよ‼ あの娘は結婚してるから ね‼」

〝え‼ 本当に……〟


その日、麗子が一人で店に立っていた。

いつ行ってもそうだが、店はいつも客がいなくて、俺の貸し切り状態だったので、本当に経営が成り立っているのか？ 俺が心配する程だった。

確かに、赤坂は銀座よりも安いとは言え、店の家賃や光熱費、酒やつまみの仕入れ代で、最低でも月七十万円から百万円は必要なはずで、一日当たり五万円前後の売上げがないと商売として成り立たないはずであるが、どう見てもそれだけの売上げがあるとは思えなかった。

それこそ、バックにスポンサーがいるのではないかという気がしてならなかった。

「いらっしゃい」

「あれ、ママは……」

「ちょっと……」

「今日、来るの？」

「……」

「よかったら、幸田明日、唄ってよ!!」

「何します？」

「ウィスキー、ロックで」

麗子は不愛想に、ウィスキーのロックとキャロットスティックをテーブルに置き、スマホをいじり始めた。

俺は手持ち無沙汰だが、来てすぐに帰るのも大人げないと思った。

「唄っていい？」

「どうぞ」

「じゃ、唄いまーす」

麗子は無言でマイクを俺に差し出した。

「青森……、青森……、青函連絡船、ご乗船のお客様は前寄りの階段をお上りください」

〝ジャジャジャジーン……〟

「上野発の夜行列車　降りた時から……」

俺は、十八番の『津軽海峡冬景色』をナレーション入りで熱唱した。

「ふっふっふっ」

さっきまでスマホから目を離さなかった麗子が、俺を見つめていた。

〝何なの？　この人……〟

麗子は侮蔑するのではなく、興味深そうな目で俺を見つめていた。

「一曲でいいから唄って」

「……、また、今度」

俺のリクエストに麗子は微笑みながら軽くあしらった。

次の週も麗子は一人で店番をしていた。

たまたま俺は、会社から外出をしてその足で店に来たのだった。

「こんにちは」

「あら、いらっしゃ……」

汗で濡れたスーツ姿の俺を見て麗子は少し驚いた様子だった。

「普段、どんなお仕事されているのですか？」

「どんな仕事だと思う？」

「さぁー」

「当ててごらん？」

「さぁー、分かる訳ないでしょ」

少しむくれながら麗子は言った。

「いつもの」

「はい」

そうは言っても、麗子は俺の事を興味津々な様子で見ながら、ぽつりぽつりと俺の事を聞いてきた。

「営業？」

「さぁ、どうでしょう」

「荷物運びとか？」

「うーん、違います」

「トイレ掃除？」

「あのね、……」

「そうね。ふ、ふ、ふ」

「言うよね、麗子ちゃん‼　実は、商社の窓際‼」

「窓際？　本当に？」

「うん、窓際」

「へぇー、そうなんだ」

『窓際』という言葉を聞いた麗子は、俺のテーブルの前に座り、まじまじと俺の瞳を覗き込んだ。

目の前の麗子は、少しあどけなさが残るものの、肌はつやつやで瞳は澄んで、さすが、女優だけの事はあり、佳代や会社の同僚よりもはるかに美しい女性で、俺は一瞬にして心を奪われてしまった。

峰子がいる時の麗子はよそよそしく、スマホばかり見ていたが、いなくなると麗子も少しずつ心の扉を開いてくれた。

「麗子ちゃんって女優さんなの？」

「うん」

「どんなドラマに出てるの？」

「『木魚』」

「ふーん。役は？」

「『おざぶ』」

「実は、俺もドラマに出てて、エキストラだけどね」

「ふーん。どんなドラマ?」

「『バディ』とか……」

「え、『バディ』に?」

「うん、来週の『バディ』俺、刑事役で出てるよ。三条さんの後、歩いているから、よかったら見てよ」

「うん」

確かに麗子は女優なんだろうけど、売れているとは正直言い難かったし、俺の方がエキストラ歴も十年以上と長い。在京キー局の番組はNKBも含めて全局の番組に出ていて麗子よりもキャリアも実績もあるので、彼女に負けている気がしなかった。

もっとも、麗子は岡山の芸能プロダクションに所属していると言うのだが、多くの番組は東京で制作されるので、どうしても関西のプロダクションでは仕事が限られる。麗子の方が俺よりも出演歴が少ないのは仕方がない事だった。

「実は私、岡山で住み込みで修業したの」

「住み込みで」

「その事務所、谷川テンさんに紹介してもらって」

「谷川テン?」

「そう、谷川テンさんは、『幸福創造』の芸術部のトップで……ほら」

「え、あの谷川テンが『幸福創造』の?」

麗子は谷川テンとのツーショットの写真を見せながら、

「だから、私も『幸福創造』の会員なの」

「ふーん、そうなの」

『幸福創造』は現在日本最大規模の会員数を誇る仏教をベースとした宗教団体である。有名なタレントの多くがその信者である事はよく知られているが、麗子もその一人であるとは、正直驚いた。

ただ、俺もキリスト教の高校を卒業しているし、先祖は坊主の家系だったので、麗子が信者である事が麗子を避ける理由にはならなかった。むしろ、麗子が俺に自分の事をカミングアウトしてくれた事が嬉しかった。

「今夜、予定ある?」

終電までにはまだ時間があった。

「何?」

「どうせ客も俺一人だし早めに店閉めてちょっと散歩しない?」

「うん」

真夏の夜はまだむし暑さが残っていたが、店の中でだらだら過ごす時間が何かもったいない。麗子と一緒に歩く事で、また何か麗子の心の扉を開ける事ができたらいいなぁと俺は思った。

「どこ行こっか？」

「渋谷の方までぶらつく？」

「そうね」

「電車乗った事あるの？」

「それくらいあるよ!!　失礼ね!!」

「ほら、女優さんは切符なんか買った事ないって言うし？」

「もう、何よ!!　馬鹿にして!!」

麗子はほっぺたを少し膨らませたが、完全に怒ったような目をしていなかった。

「アイスクリーム食べる？」

「うん!!」

「ここのアイスクリーム美味しいよ」

「ふーん」

青山通りに店を構えているアイスクリームショップはハイランド物産が日本で最初に手がけた一号店である。三十代前後のＯＬに爆発的な人気のある店で、麗子にはピッタリのショップだった。

「美味しい？」

「………」

麗子は、コクリと頷いた。

ふたたび二人で渋谷方面に歩き出した。

午後九時を過ぎて、青山通りの人の波も徐々に減って、通り過ぎる人達もやや足元がおぼつかない様子だった。

「ここで、出たいよね」

「………」

いつの間にかＮＫＢホールの前に来ていた。

ＮＫＢホールは何かの公演が終わったのか、まだ館内の明かりは消えておらず、公演の余韻を楽しんでいる人もちらほら見かけられた。

「帰ろ」

「うん」

麗子は元来た道ではなく、渋谷の道玄坂の方へ歩き出した。

しばらく歩くと、北海二郎など、今や演歌界の大御所達が、かつて流しをしていた百軒通りに行きついた。もちろん今や、そんな風流なジャズ喫茶などは姿を消し、ネオンが毒々しいラブホテルが立ち並んでいるエリアになり、余程の事がない限り麗子のような品のある女性は立ち寄らない所になっているのだった。

麗子は、無口で、ゆっくりと俺をエスコートするかのようにそのメインストリートを地下鉄の駅の方へ向かって歩いて行った。

〝麗子、どうしたんだろう〟

「麗子ちゃん」

「………」

麗子は俺の様子をチラッと見て、そのまま歩いて駅まで来た。

「送っていこうか？」

「ううん、大丈夫」

「じゃ、また」

「うん」

麗子ははにかみながら、俺に手を振って改札口の中へと消えて行った。

＊　＊

「こんにちは」

「いらっしゃい」

あいも変わらず、店に客はいなかった。

「いつもの」

「はい」

「ママは？」

「今夜は寄り合い」

「ふーん」

麗子の表情が少し楽しそうだった。

「今日は唄ってよ」

「どっしようかなぁ」

「ほら、幸田明日の」

「…………」

「リクエスト入りまーす」

俺は無理矢理、幸田明日の『クロアゲハ』を入れた。

すると今まで少しつっけんどんだった麗子の瞳がサッと変わった。

麗子は音大の声楽科を卒業しているだけあって、音程の取り方はしっかりしていた。が卒業してから、ボイストレーニングをしていないのだろうか、少し声が細かった。しかし幸田明日の「クロアゲハ」はアップテンポで変調も多い歌だが、全くその歌の流れに遅れる事なく唄いこなせているのはさすがだった。

「もう一曲、お願い」

「ダーメ」

「意地悪!!」

「………」

麗子はまんざらでもないという顔をしていたが、何曲も唄う事はしなかった。

「俺、実は作詞やってるんだ」

「え？　本当？」

「本当だよ」

「今、麗子ちゃんが唄ってくれたやん。それ聞いただけで、詞、書けるで」

「嘘、本当に」

「ほんま、まんま、箸袋とペン貸してな」

「どんな詞、書くの？」

「演歌系の詞」

「ふーん」

麗子は少し信じられないという感じだった。

〝あなたと歩くミッドナイト　夜の外苑～〟

俺は、麗子と歩いた夜をモチーフにした作品をその場で書いた。

麗子は少しびっくりした様子で、その詞を見ながら、メロディーを口ずさんでいた。

＊　＊

一週間程経った頃だった。突然麗子からメールがきた。

『今夜、時間ある？』

『いいけど』

『うち、来ない？』

『うちって？』

『私のうち』

『分かった』

『じゃ、五本木駅の改札を出たロマンドの前で午後六時に』

『了解』

金曜日で、今日残業をしても片付けなければならない仕事が山のようにあったが、俺は全部放り投げて、五時半には会社を出た。

五本木の改札口には、Tシャツにホットパンツというラフな姿の麗子が待っていた。

「麗子ちゃん」

「こんばんは」

「どうしたの？　その格好？」

「何？」

「いや、普段の麗子ちゃんと違うなぁ」

「そう？」

「こんなラフな格好するんだ」

「いけない？」

「ううん、そんなことないけど」

「何か食べて行く？」

「そうね」

「吉牛で構まへん？」

「えー!!　そっか窓際だもんね!!」

「うるさい!!」

俺は麗子の腕をチョンとつついた。麗子の肌は少しはりがあった。俺は恐る恐る手を差し出すと、麗子は俺の手を強く握り締めてきた。もちろん麗子と手を繋いだのは今夜が初めてで、俺は鼓動の高鳴りを抑えつける事ができなかった。

麗子はテレビ太陽をすぐ下に見下ろす五本木ヒルズのマンションの二十階の角部屋に住んでいた。部屋にはグランドピアノがあり、女優だけでなくミュージシャンとしても活動しているようだった。また部屋からはライトアップされたシティタワーが夜空に浮かび上がり、ベランダ越しに見る光景は〝勝ち組の証し〟とも言えるものだった。

俺の頭の中のそろばんがパチパチ鳴り出した。

〝少なくとも家賃が月百五十万、その他で五十万、年間で二千四百万……げっ、麗子って超セレブ？　そもそも麗子にそんな金あるのかなぁ。ま、俺には関係ないけど〟

と思いながら、麗子の顔をまじまじと覗き込んだ。

「な～に」

「う～ん、何でもない」

「こっちへ来なよ」

「うん」

麗子は自分の部屋に行きベッドに腰かけた。俺は恐る恐る麗子の部屋に入った。

「何してるの？」

「う～ん」

「こっち」

「…………」

麗子は俺に横に座るようにトントンとマットレスをつついた。

香水のニオイがほんのりと漂い、俺の理性が溶けていく気がした。

麗子の手を握りながら、そっと顔を麗子の顔に近づけると、麗子はゆっくりまぶたを閉じた。

その仕草は、とてもなめらかで、絶対麗子は男を知ってる。と俺は思った。

唇を近づけると、麗子は口をおちょぼ口にして、そっと俺の唇に重ね合わせてきた。そして徐々に舌と舌がからみ合い、とうとう俺は理性を失ってしまった。

ホットパンツの中に手をすべり込ませ、麗子の花弁に指先で触れると、一気に花開いた。麗子は俺の物をゆっくりとさすりながら、時には強く握り締め、自分の中に入れようとするが、何とかそれだけは阻止しようと手の中で麗子の花弁に蓋をした。それでも麗子は止めようとしなかったので、俺は麗子の腕をつかまえて俺の背中にまわし、Tシャツをまくり上げ、そっとブラジャーのホックをはずした。

麗子はヨガリ声一つあげず、しっかりと舌をからませながら、俺の服のボタンを一つ一つ丁寧にはずしていった。そしてとうとう二人とも生まれたままの姿になり、俺は静かに俺の物を麗子の花弁の中へ差し入れた。

少し体を浮かせてみると、間違いなく、俺と麗子は結ばれていたのだった。

〝やっぱり麗子は初めてじゃないよなぁ。初めてだったら、血が流れ出すものなぁ。三十前で初めてなんて、今どきあり得ないよなぁ〟

麗子と出会ってから、その初々しさに気を引かれ、もしかしたら麗子は俺が初めての男じゃないのかという気がずっとしていたのだった。

麗子はなかなか俺を離そうとはしなかった。そして、夜空が白み始めた頃、俺と麗子の夜は終わり、俺はそのまま眠りに落ちてしまった。

目が覚めた時、麗子は部屋にいなかった。俺は何気なくトイレに立った。トイレはウォシュレットタイプの物だったが見てみると、血のついたトイレットペーパーがトイレの中に敷きつめられてあった。

〝え？〟

俺は、それが何を意味しているのか、その時、すぐには気が付かなかった。

〝まさか!!〟

＊　＊

「あなた、昨日女と寝たでしょ」

佳代は俺の顔を見るなり、平手で俺の頬をたたいた。

「痛ッ」

「誰と寝たの？　あの、いつも行ってる店、赤坂のママ？」

「………」

「ぶっ殺してやる」

そう言うなり佳代は台所から包丁を取り出して、俺を刺そうとした。

「や、やめろ!!」

「うるさい、絶対にぶっ殺してやる!!」

俺は、佳代が持っていた包丁の柄をたたき落とした。

「馬鹿、馬鹿、馬鹿、絶対離婚よ。絶対離婚してやる!!」

「………」

佳代はありったけの声で泣きわめき、俺はただそんな佳代を床に押さえつけて、収まるのを待つしか他に手がなかった。

＊　＊

それから三日後の事だった。〝文と寝た女はどんな女だろう〟佳代は急にその女を見たくなった。

「ねぇ、文、あなたの行ってる店、連れてって」

「え……」

「駄目なの？　じゃ私一人で行くから」

「わ、分かった」

俺は〝いずれ家族のように付き合いたいから、ま、いいか〟と思って佳代を『たまて箱』へ
連れて行った。

「あら、いらっしゃい」

その後、俺は佳代と連れ立って『たまて箱』に顔を出すと、珍しく、峰子が店に出ていた。

「どちらの方？」

「佳代、奥さん」

「あら、そう」

「ふーん、ここがあんたの……」

佳代は店の中を見回して、

「うん」

「こんばんは。うちの主人をたぶらかしている女の顔を見に来ました」

とにこやかに言った。

「え？」

峰子は一瞬戸惑った様子だったが、

「あんた、面白いこと言う女《ひと》よねぇ」

「え？」

「あたしのパパはロシアの重役なのよ」

俺と佳代は互いに顔を見合わせた。

「ま、そんな事より、谷田さんは、いつものでいい？」

「はい」

「あ、私はウーロン茶で」

「あ、そうなの？　スナックでウーロン茶？」

「お願いします」

「はいよ」

この時、峰子が俺達にパパの話をさらっと話した『ロシアの重役』という意味を、俺は全く分からなかった。

そもそも、森本の時もそうだったが、俺は人の言葉を文字通り受け取る、良く言えば、〝おひと好し〟、悪く言えば〝無防備な性格〟で、その人が何を言わんとしているのか理解する力が根本的に欠落している。

このような性格にもかかわらず、他の人々と群れる事が得意でなく、勝手気ままに生きてきた俺が、会社で出世などするはずがなかったので、いわば、会社人生を歩み出した時点で、窓際社員になる事は決まっていたのだった。

「名前？　なんて言うの？」

「佳代」

峰子は佳代にウーロン茶を注ぎながら、笑顔で話しかけていた。

「へぇー。佳代ねぇ」

「谷田さんとの出会いは？」

「会社で。この人、本社から異動してきて、私、そこの事務のパートをしてたの」

「ふーん、そうなの」

「で、なんでこの店は『たまて箱』っていう名前なんですか？」

「銀座で店をやってた時にね、今度、赤坂で店を持たないかって言われたの。開店資金五千万円程だったんだけどね、銀座では雇われママだったの。もちろん銀座でも結構お客さんは付いてくれてたから、まあまあの売上げはあったのよ」

「へぇー」

「やっぱり、お店をやる以上、店の主人《あるじ》にならないと。あたしね、昔はちょっとした人でね、テレビなんかにも出てたのよ」

「…………」

「だからね、芸能人の人達もよく店に来てくれてね」

「芸能人って？」

「例えば、谷川テンとか、谷千春とか」

そう言いながら、峰子は、自分の長財布から写真を取り出して佳代に見せた。

「この人が谷川テン？」

「そう」

「テレビで見るのと全然違うね」

「そう、そうかしら」

確かにテレビで見る谷川テンとは別人に見えたが、よく見てみると本人に見えなくもなかった。

「この店を出すって言ったら、すぐに駆けつけてくれたわ」

「へぇー。そうなんですか」

「それでね、お店の名前なんだけどね、最初はどうしようかって、とっても悩んだわ。なかなかいい名前が浮かばなかったの。ところがね、ある晩寝てたらね、仏様のおぼしめしだったのかしらね、夢の中でふっと『たまて箱』という名前が浮かんだの」

「そうなんですか？」

「『たまて箱』ってほら、軽々しく開けてはいけない大切な箱っていう意味があるじゃない。だから、この店も、私が大切に思っている人に来て欲しい。そんな願いが込められているのよ」

「そうなんですか」

「佳代ちゃんもたまには、旦那さんを置いてお店に遊びにいらっしゃいよ」

「はい」

峰子は、笑顔で佳代にそう言ったが、佳代は言葉にならない違和感を抱いていたのだった。旦那を落とすには、まずその奥さんを落とせとよく言われているが、峰子の佳代への気遣いは、他の客と比べるとはるかに上であった。なぜそこまで峰子が佳代に気を遣うのか俺には理解できなかった。そんな峰子に佳代は言葉にできない不安を感じ取っていたのだった。

*　　*

「こんばんは」

久しぶりに俺は佳代を連れて『たまて箱』に顔を出した。

この日は珍しく、佳代がこの店に行こうとしつこく誘ってきたのだった。

「いらっしゃい」

峰子はいつものように俺にはウィスキーを、佳代にはウーロン茶を出した。

「麗子、挨拶しなさい」

「えっ?」

店の入り口の隅で麗子はスマホをいじっていたが、死角になっていたので、俺には見えなかった。

「この娘、うちの麗子」

「この人が谷田さんの奥さんの佳代さん」

峰子は、手短に二人を紹介し、カウンターの中で皿洗いを始めた。

一方、麗子はこの前の事がなかったかのように、スマホをいじり続けていた。佳代は、麗子を一目見て、〝この娘ね、私の文をたぶらかしたのは!! このどろぼう猫〟と心の中で叫んだ。

一方、峰子は〝よくもうちの娘を!!〟と鋭い視線で俺を刺した。

「こんばんは」

麗子が無表情で佳代に挨拶した。

「こんばんは」

「名前はなんて言うの?」

佳代は何事もない風で麗子に聞いた。

「麗子です」

「どんな字を書くの?」

「麗わしいの麗に子供の子です。佳代さんは?」

「にんべんに土二つの佳に君が代の代よ」

「ねぇねぇ、麗子ちゃん、歌は好き？　どんな歌唄うの？」

「えーと、幸田明日とか」

「へぇー。そうなの？　私はサードや中山果穂を唄うかなぁー」

「そうなんですか？」

「そう」

「じゃあ佳代ちゃん、一曲唄ってよ」

そう言いながら峰子はカラオケ器に二百円を入れた。そこですぐに俺も千円入れたのだった。

佳代は、マイクを持って次々に十八番の曲をリクエストして唄い、気が付けば七曲目を入れようとしていた。

「佳代ちゃん、もうそのくらいにしといて」

「もっと、いいでしょ」

「ダメ、今夜はもう時間が遅いし」

「…………」

佳代の歌はお世辞にも上手とは言えず、たて続けに聴けば聴く程うんざりするのだったが、麗子はずっと佳代の歌に聴きいっている様子だった。

「ママ、この曲知ってる？」

「さぁ……」

峰子は、青空ひばりや棚畑章男の時代の唄になじみがあり、佳代が唄う年代の唄はもちろんの事、麗子の唄う歌など歌とは認めていない様子だった。なので、峰子は麗子に演歌歌謡曲ばかり唄わせようとしていたが、麗子は、そのような歌を唄う気などサラサラなかった。むしろそのような歌を唄わせようとする峰子に反抗しているのか、あるいは馬鹿にしているような、微妙な空気が二人の間に漂っているのだった。

珍しく、峰子がマイクを握った。

峰子はかつて、テレビに出ていたので、歌唱力は麗子とほぼ同じ程度だと俺は思っていたが、峰子は他のどんなお客が峰子にリクエストしても、絶対マイクを握らなかった。

峰子が唄う青空ひばりは、少しドスが利いた低音から、哀愁が漂う高音までスムーズに流れる。ある種『女の生き様』を歌詞に乗せた独特の唄で、これこそ演歌歌手と思わせる。今まで俺が聞いてきた様々な歌手が唄う青空ひばりとは一線を画していた。

それに比べると、麗子の唄う幸田明日は、声量が少し乏しく、声の線が細いからかも知れないが、ごく普通のそこら辺にいる歌の上手な女の子の域を出ていないような気がした。

「麗子ちゃんは、いったい何になりたいのかしら」

帰りの電車の中で佳代は俺に聞いてきた。

「さぁ」

「あの様子から見ると、ＯＬはどうかと思うし……」

「まぁな」

「結婚してるの？」

「ママはそう言ってたけど」

「相手は？」

「関西の方で活動してる横浜健三っていう演歌歌手らしいけど」

「会った事ある？」

「うん、何回かママの店に来てたよ」

「へぇー」

「いつも店に来ては軽く飲んで、『ごちそうさん』って言って、金も払わずに帰るから、ママに『誰？』って聞いたんや。ほんなら、ママがそんな事言うててん」

「ふーん。で麗子ちゃんに子供いるの？」

「さぁ、おらへんのとちゃう」

「なんで……」

「さぁ、何となく……」

俺は、あの日、麗子の家で見た血の付いたトイレットペーパーを思い出していたのだった。

＊　＊

佳代が麗子と会ってから十日程した頃、麗子からメールが来た。金曜日の夕方だった。

『明日、会社？』

普段俺は取引先との仕事の関係で日曜日と水曜日に休みを入れているのだが、その日はたまたま取引先との商談もなく、特に重要な事務作業もなかった。

「すみませんが……」

「お、なんだ」

上司の古川は、今月の営業成績表から目を上げて俺の顔をチラッと見た後、また表に目を落とした。

「明日、有休取ってもいいですか？」

「は？　有休？」

「はい……」

「お前、今月いくら足らないと思ってるんだ？」

「一千万円弱ですが……」

「できるのか？」

「…………」

「どうするつもりなんだ!!」

「えーっと」

「今月、あと五日でどうやってお前は、予算をクリアするつもりなんだ」

「…………」

古川は明らかにイラついていた。もっとも古川グループの営業成績は二〇〇五年に俺が異動してからブービー争いをするようになり、できる事なら俺を他の部署に出すか、それでなければ優秀な若手を引き抜いてこようと、様々な画策をしているにもかかわらず、目立った成果を上げる事ができていなかったのだった。

「うーん。分かった。明日な」

そう言いながら、古川は俺の勤怠表をパソコン画面に開いて、明日の欄に『有休』と打ち込んだ。

『明日、休み取ったよ』

『本当』

『本当』

『じゃあ、一時に家に来て』

『一時ね』

『オートロックの番号は４１５《ヨイコ》だから。着いたら直接部屋まで来てね』

『四、一、五だね。了解』

翌日の土曜日は朝から小雨が降っていた。

「佳代、ちょっと出て来る」

「ちょっと、てどこへ？」

「どうせ、ママの所でしょ!!」

「違うよ!!」

「何時に帰って来るの？」

「夕方ぐらいには帰るから。今日の晩飯は何？」

「知らない」

「知らないって……」

「もし、明日帰って来たら、即離婚だからね!!」

「………」

〝麗子が俺に何か用があるって……。ごめん〟

麗子のマンションに着いたのは午後一時過ぎだった。俺はオートロックのキー番号を入力してマンションの中に入った。そして、二十階の麗子の部屋の呼び鈴を鳴らした。

「ピーンポーン」

「ピン　ポーン」

〝あれ、おかしいなぁ。どうしたんやろ？　麗子ちゃん〟

部屋からは物音一つしなかった。

「麗子さーん」

呼んでみたけれど、返事がなかったので、ドアノブを押してみた。

「カチャ」

玄関のドアに鍵はかかっていなかった。

「失礼しまーす」

俺は恐る恐る部屋の中に入って行った。

部屋には人の気配がなかった。恐らく麗子は俺が来るまでの間、近所のコンビニへ買い物でも行っているのだろう。俺はそう思いリビングで麗子の帰りを待つ事にした。

リビングテーブルの上に一通の書類が無造作に置いてあった。

〝何だろう？〟

何気なく俺はその書類を手に取った。書類には驚愕する言葉が並んでいた。

「請求書　中絶費用として二十万円の請求を致します。谷口産婦人科医院」と書かれていた。

〝ど　どういう事？　〟もしかして、麗子は、俺の……。でも、麗子は何も言ってないし……。そうとは限らないし……。そのお金、どうしたんだろう。まさか、自分で工面したとは思えないし〟

トイレットペーパーの件といい、今回の件といい、いずれにせよ麗子が俺に何かを伝えようとしている事だけは間違いなかった。

〝麗子、お前ってやつは……〟

俺は心の中でそう叫んだ。俺はすぐに麗子のマンションを飛び出した。しかし一週間経っても麗子から何の連絡もなかったし俺も麗子に連絡を取る事はしなかった。

その後、しばらく俺は赤坂の店には行かなかった。

＊　＊

「谷田さん、元気?」

峰子からの電話だった。

「はい」

「あんた、この頃来ないじゃないの」

「仕事が忙しくって?」

「仕事が忙しいって?」

「はい、ところで麗子はどうしてるの?」

「麗子って気安く呼ぶんじゃない‼」

ドスの利いた峰子の声だった。

「すみません。で、麗子さんは？」

「麗子？　そんな事より、今度の日曜日、大河原伸が来るのよ。だから谷田さんもおいでよ」

「大河原伸さんが？」

大河原伸は、舞台はもちろんの事、映画、ドラマで主役を張る中高年の女性達のアイドルと言っても過言ではない超売れっ子で有名な俳優の一人で、その俳優が峰子のあんな店に来るとは信じられなかった。

「で、さぁ、やっぱり大河原伸が来るとなると、それなりの事はしなくちゃいけないのよ。五万円持って来て」

「えっ」

「じゃ、日曜日午後七時にね」

俺に有無を言わせる事なく峰子は電話を切った。

〝五万円かぁ……〟

生の大河原伸を間近で見られる機会は、恐らくそんなにないと思う。けど五万円は少し高すぎると思った。

「今度の日曜日、ママの店に大河原伸が来るんだって。だからママが来いって。で、五万円だよ!!　五万円持ってこいって!!」

「え、あの大河原仲が？　いいじゃない、行って来なよ!!」

珍しく佳代は俺の背中を強く押した。

「どうせ、あんた売れないエキストラなんでしょ、売れる為にはどうすればいいか聞いておいでよ!!　こんなチャンス、滅多にないから」

「うるさいなぁ。佳代がいいって言うなら行って来よう」

俺はホッとした。

さすが、超一流の俳優だけあって、本物の大河原仲は渋かった。俺が見てもほれぼれとするナイスガイで、カラオケで唄う歌にも役者独特の味わいが感じられた。

その気になれば、俺も関西出身ののりで、大河原仲と仲良くなれたかも知れなかったが、峰子の店でスタンドプレーをしたら、後々何を言われるのか分からなかったので、カウンターの隅で大人しくしていた。

麗子も来ていたが、心得たものでカウンターの内に入り、出て来ようとはしなかった。さすがに宴も終わりに近づき記念写真を撮る事になった。大河原仲と麗子が一緒に写っている写真がないとまずい気がしたので、俺は麗子の腕を引っ張って彼の横に押し込んだのだった。

大河原仲や客の帰った後の店は、まさに宴の後だった。一段落ついた峰子は俺の横に座った。

「あー疲れた。足もんで」

「えっ」

峰子は俺の体に身を寄せて足を投げ出した。

麗子はそんな峰子の様子を気にする風もなく、スマホをいじり始めた。

峰子の太ももは、六十代とは思えない張りがあり、俺の手は自然と太ももの下の方からつけ根へと動いていくのだった。

〝あっ、やばい〟

思わず俺は峰子の足から手を離した。

〝何やってんだ!!　俺は!!〟

「麗子、三人で何か食べに行こ」

珍しく峰子が、俺と麗子を誘って食事に連れて行ったのは、そろそろ夜が明け始める頃だった。

峰子と麗子と俺は、端から見ると親子のようだった。

取引先との飲み会もなく、珍しく自宅で佳代と夕飯をとっていると、

「ねぇ、あの店行こうよ」

佳代は俺を誘ってきた。

「どうして?」

「なんかね、麗子ちゃんの事が……」

「麗子ちゃんが?」

「何になりたいのかなぁーって」

俺が佳代と店に行くと、店には、いつもの通り、峰子と麗子しかいなかった。

「ねぇ麗子ちゃん。音楽って好き?」

「歌手になりたいの?」

そう聞かれた麗子は、急に瞳を輝かせた。

「うん」

第五章

「谷田さん、今日店に来ない？」

峰子からの電話だった。

「今日、王冠レコードの大和田というプロデューサーが来るの」

俺が店に着いた時、マイクを握って唄っている眼鏡をかけた小太りな男が大和田らしかった。

「次の作品は私が手がけた本城あきの作品で、なかなか上手に仕上がってるよ」

大和田は得意そうに言ってマイクを握った。

〝本城あきって誰だろう？〟

俺には、どうもピンとこなかった。

なにせ演歌歌手は全国に五千人から六千人ぐらいはいるらしく、その中でも全国でファンクラブを持っている歌手は一割いるかいないかである。その中で一定してテレビに出ている歌手は五十人いるかどうかくらいだから、いくら俺が作詞をしているからと言っても、大和田が手がけた歌手を知っているはずもなかった。

もっとも王冠レコードには有名なプロデューサーが何人もいるが、そもそも大和田が、その中の一人か否かも、俺にとっては怪しかった。

「麗子さんは？」

大和田が店に来た目的は明らかに麗子を自分の手で歌手デビューさせる事に俺は思えた。

「もうすぐ来ると思うけど……」

もちろん王冠レコードが麗子をデビューさせる費用を全額出資すれば、麗子はすぐにでも歌手としてデビューできるのだった。

しかし、演歌歌謡曲が隆盛を極めた昭和三十年代とは異なり、レコード会社がヒットするかどうか分からない新人歌手の為にデビューする為の費用の一千万円程度を投資する時代ではない。その為、CDの製作費は歌手自身で出すか、または歌手が所属する芸能プロダクションが出すしか手がなく、CDを出すハードルは高い。ある程度人気のある歌手や、実家が金に余裕のある歌手でないと、そう簡単にCDを出す事ができないので、一度CDを出したら、そのCDを自分で売り切り、それから次のCDを出すというサイクルで、三年に一枚出せれば良い方だと言われていた。

大和田は、得意そうに自分のプロデュースをした歌手の歌を峰子の前で唄っていた。

〝俺に麗子を任せろ〟

大和田は唄いながら峰子にそう言っているように思えた。

〝麗子を？　どうしようかしら〟

峰子は、大和田の様子を窺っていた。

〝麗子なぁ、売れたらごっつい儲かるで〟

俺は、そんな二人の駆け引きを見ながら、そろばんを弾いていた。麗子は超一流歌手並みのポテンシャルを持っている。そんな麗子のデビュー作品を誰が手がけるのか？　そこには、麗子をどのような歌手に育てようか？　という長期ビジョンなど、どこにもなく、俺は誰がお金を出すのかという事しか考えていなかった。

「ママ、そう言えばパパは何してるの？」

「いないわよ」

「えっ、うそー」

「別れたの」

「ふーん。なんで？」

「……。あんたねぇ、そんな野暮な事、聞かないの」

峰子は少しドスの利いた声で俺に言った。

「パパはロシアの偉いさん」

「ふーん」

俺は、軽く聞き流した。

〝ロシア大使館にでも勤めてるのかなぁ。そう言えば、この間フランス大使館に勤めてるっていう人も店に来てたしなぁ〟

ただ、赤坂に店を出すくらいだから、峰子も何かあるのだろう。と俺は勘繰った。

「ママは、もしかしてあっち系の人？」

「え？」

「いや、何となく」

今夜の俺は、なぜか峰子に対してしつこかった。

峰子は俺の瞳を覗き込みながら、

「八・九・三」

「ふーん」

俺は軽く聞き流した。

「どこの？」

「大坂会」

「大坂会？」

「そう」

〝大坂会と言えば、日本で二番目に規模の大きいところだよなぁ。約三千五百人の会員がいるな。それに麗子が入っている『幸福創造』は約三百八十万人。うわぁーすごー〟

つまりこれが麗子のポテンシャルの高さだったのだ。

〝売り方さえ間違わなければ、絶対売れる〟俺はそう確信した。

＊　＊

「谷田さん、今日はどうしてるの？」

「別に」

「あんた、今夜、店に来なさいよ」

「え？」

「ジャパンレコードの社長さんが来るのよ」

「ジャパンレコードの社長？」

「午後七時にね」

「分かった」

峰子からの呼び出し電話で、俺は店に向かった。

ジャパンレコードの社長は、いかにも社長という雰囲気だった。

「初めまして、谷田と申します」

「初めまして、海江田です」

お互いに名刺交換をし終わった時ぐらいに、麗子が店に入って来た。

「こんばんは」

「こんばんは」

「この娘が麗子さん？」

「はい」

「麗子さん、せっかくだから一曲唄ってよ」

海江田はウィスキーグラスを片手にこう麗子に促した。

「社長!!　この娘は音大の声楽科を出てるのよ、そこらの娘とは違うのよ!!」

「でも、どんな歌、唄うのかなぁーって」

俺は、何も言わずに海江田と峰子のやり取りを聞いていた。

〝海江田は、麗子や峰子の事を、いったいどこまで知ってるのだろうか？　ただ海江田は峰子は一筋縄ではいかない、そう思っているのではないだろうか？　峰子に足元だけは見られたくない、なんとなくそんな気がするなぁ〟

俺は二人の顔を見比べていた。

「こんばんは」

「あーら、いらっしゃい」

と、そこへ、フランス大使館勤務の男がやって来た。

「麗子ちゃん。今度僕が書いた歌、唄ってくれない？　麗子ちゃんにピッタリだよ」

「………」

麗子は、その男の顔を見ようともしなかった。

「ところで、どんなジャンルの詞を書くんですか？」

麗子との会話の中で、彼も詞を作っている事を聞いた俺は、興味本位で聞いてみた。

「シャンソンを中心に書いてるよ」

「へぇー。シャンソンですか。素晴らしいですね」

〝シャンソン、そんなの書いてどうすんの。シャンソンで売れる？　自己満足の世界やろ？　そもそも、麗子が唄うのは幸田明日だよ‼　麗子がこんな態度取るのもしゃあないわ〟

そう答えながら俺は、彼の事を心の中では半ば呆れた目で見ていた。

だが俺は俺で、二年前、花村恋のＣＤを出してから、一枚もＣＤを出しておらず、ＪＭＲＲＡＣの会員資格を失うのも時間の問題だった。

〝秋月先生がいたらなぁ〟

後ろ盾を失う事が、どんなにリスクの高い事か、それはハイランド物産の社内を見ても、一目瞭然で、仕事はできて当たり前、数字は作って当たり前、それプラス、誰に付いて行くか、誰に目をかけてもらうかによって、自分のサラリーマン人生が決まる。

峰子の店にたまに来る企業の重役も、

「僕がここまで来られたのは、たまたまですよ。運が良かっただけですよ」

と峰子によく言っていたものだった。

「へぇー」

峰子は、重役の言葉を聞いた上で、俺にわざと言うのだった。

「谷田さん、あんたも一流企業に勤めてるよね。出世した人は『最後は運が良かった』って言ってるけど、どういう事かしらね」

「さぁー」

俺は、重役が言っている言葉の意味などさっぱり理解できなかった。そもそも、東京の煌びやかな世界に憧れて東京に来た時点で、俺はサラリーマンとして失格だった。会社の先輩や同期と絶えず一緒に何かをしているよりは一匹狼的に自己流で仕事をやってきた事で、窓際社員になったのは、当たり前と言えば当たり前の事だった。

そんな俺が、サラリーマンの処世術を聞いたところで何の足しにもならないのだった。

〝そろそろCD出さなあぁ〟

その夜も、海江田は店に顔を出していた。もちろん、何の用もなく海江田が店に来るはずがなく、恐らく大和田と同じように麗子をデビューさせたいと思っていたのだろう。

しかし、話が進展している様子は一向になかった。

一番の要因が何なのか……俺にはおおよその見当が付いた。

〝金だ……〟

一万円や二万円ではない。製作費に必要な何十万円、いや何百万円もの金を誰が出すのか。通常、ＣＤを出す時は歌手か所属プロダクションが出すのだが、そんな大金、麗子が持っているはずがない。峰子が娘の為に出すかと言うと、素性から出すはずがない。また、フランス大使館の男は自分が先生気取りなだけで、金などサラサラ出すつもりはない。大和田は大手のレコード会社の社員だから、リスクを取る事はしないし、海江田は、恐らく峰子の素性をある程度知っていそうで、そんな峰子と関わりたくないと思っているだろう。

それぞれの思惑が店の中で入り乱れ、このままでは麗子は歌手デビューは一生できないという気が俺にはしてきた。

＊　　＊

「社長、ＣＤを出すのにいくらぐらいかかります」

「百三十から百五十かなぁ」

「百三十から百五十か～」

俺は少しため息をつきながら、そろばんを弾いた。

〝そんなもんかなぁ……。まぁ、麗子の歌唱料が一曲五万として十万かぁ……。俺もやばいしなぁ……。でもジャパンレコードって大手ではないし、そんな高くないやろ!!〟

俺は、ネットでジャパンレコードについて調べた。確かに大手ではなく、所属歌手も『ゴウアメリカン』の棚川明彦以外は目立った歌手もいなかった。

俺は一度、海江田とゆっくり話をする為に、ジャパンレコードを訪ねる約束をとりつけた。

ジャパンレコードはJR中央線の西荻窪から歩いて十五分程の所にあった。

レコード会社と言えども、家屋兼事務所のあるこぢんまりとした会社だった。

俺は最初行き方が分からず、路地の『たばこ屋』で道を尋ねた。

「すみません。ジャパンレコードへはどう行けばいいのですか?」

「ジャパンレコード?」

たばこ屋の店番のおばあちゃんが、少し嫌な顔をした。

「この道を真っすぐ!!」

「この道を真っすぐ?　ですか?」

「そう!!」

明らかに、関わりたくないという雰囲気だった。

〝何かあるな……。もしかして……まさか!!〟

しかし、後戻りはできなかった。

俺は、海江田を峰子と同じ世界の人間だとは認めたくなかった。

更に海江田の事をググッてみると新興宗教の一つ『お目覚め会』の会員である事が分かった。

〝お目覚め会か……〟

俺は少し不安になった。

＊　＊

「谷田さん、麗子でＣＤ出すって本当？」

「…………」

「麗子に唄わせるのなら、『幸福創造』の会員にならなくちゃダメよ」

「『幸福創造』？」

〝えぇ……、入りたくないなぁ。しかし……〟

「はい」

「じゃ、十二月二十八日、四谷の会館に午前十時に、話は私の方でつけとくから」

「え、四谷に午前十時？」

「分かったね!!」

峰子は俺に有無を言わせない、ドスの利いた声でそう言った。

「十二月二十八日は、『幸福創造』の設立記念日だからね。その日に入会できるなんて、普通じゃできないからね!!　いい、分かったね!!」

「はい……」

〝『幸福創造』、お金がかからなければいいや!!　でも、ママ、絶対本当の信者じゃないよな!!〟

俺は峰子が何らかの意図で『幸福創造』に入会しているが、決して本気で入信しているとは思えなかった。

このような会に入会しているメンバーは、どことなく目線が浮いているように思えるのだった。

最初は、友達の紹介や、家族の勧めで、リーダーの話を聞くだけのつもりが、何回か顔を出すと、その会の世界が『是』で、それ以外の世界は全て『非』であるかのように思われ、その会の活動が人生の中心であるかのような錯覚を覚えてしまう。宗教とはそんなものだと俺は今までずっと思っていた。

しかし、峰子は、そんな人々を何らかの方法で利用してやろうと考えている節が俺には見て取れた。

一方の麗子は会員に名前を連ねてはいるが、全く、そんな集まりに興味を持っている様子はなかった。だが、俺の前で『幸福新聞』をわざと眺めていたので、峰子も麗子も俺に対して『幸福創造』に入会している事を隠していない事だけは明白だった。

＊　＊

『今から岡山の事務所に行くの』

麗子からのメールだった。

『何しに？』

『事務所、辞めるの!!』

『辞めるって？』

『そう』

〝事務所を辞めるって？　なぜ？〟

俺には、麗子のメールの内容がすぐには理解できなかった。

麗子は二十歳の頃、岡山の事務所で住み込みで修業をしていた。

その事務所の社長は、大坂会の重役から、峰子の娘だからか何だかの理由で、麗子の面倒を見るように言われたのだろう。

麗子は、大学を卒業した後、就職した様子はなかった。だからと言って、何もしない訳にはいかなかった。

恐らく、峰子がパパと離婚したのは、麗子が生まれて、麗子の人生に傷が付かないようにと、夫婦で話し合って配慮したからではないかと、俺は踏んでいた。

〝擬装離婚？　たぶんそうだろう‼　だから、俺が峰子の店に出入りするようになってから、若い男が何回か俺を見に来てたよなぁ。峰子は、弟だと言っていたけど、大坂会の組員って事もあり得るし……〟

もちろん、麗子もその世界に生まれ生きてきたのだから、その世界の『しきたり』は充分に理解しているのだろう。だから麗子は、筋を通しに、わざわざ岡山まで行くのだろう。そして、岡山とは縁を切るという事は、麗子の旦那とも離婚する事になるのだろう。

〝麗子の旦那、大丈夫かなぁ……。ママがかなり面倒見てたみたいだけど……。ママの後ろ盾を失うと、少なくとも東京ではしんどいよなぁ〟

俺は麗子の『未来《あした》』が心配になってきた。

＊　　＊

岡山の事務所で社長は困惑した様子で麗子を問い質していた。

「麗子、辞めるのか？」

「はい」

「なぜ辞めるのか？」

「…………」

事務所の社長に問い詰められ、麗子は黙るしかなかった。

「俺が、手塩にかけて育ててきた。分かってるよな」

「…………」

「何かあったのか？」

「…………」

麗子は何も言わなかった。

「仕方がない。もし、何かあったら戻って来い」

社長は深くため息をついた。

「ありがとうございました。お世話になりました」

麗子は淡々と社長に礼を述べて、事務所を後にした。

瀬戸内海に沈む夕陽がいつにも増して真っ赤だった。

＊　＊

「良い物を作りましょう」

麗子のＣＤを出すことを決めた海江田は上機嫌で店でグラスを傾けていた。

「今回は、ゴウアメリカンの棚川明彦さんにも協力してもらって、デュエット曲も入れよう」

「はい？」

俺は正直、戸惑った。

「麗子ちゃんは、どんなイメージでいこうかなぁ」

「そうですね、平成のマリア・リンが良いのでは」

「なんで？」

「マリア・リンは真正面から唄と向き合って、詞の内容を理解して自分のものにして唄うし、唄で作詞家に詞の書き方を教える。そんな歌手に麗子もなって欲しいんです」

「なるほどねぇ。そしたら、がちがちの演歌ではなく、J・POPの方がいいかなぁ」

「そうですねぇ。松山聖子や中村明菜風の」

「谷田さん、書けます？」

「たぶん……」

俺は書く書かない以前に、本当に百五十万円でCDが出せるのか？ が気になった。

「演歌じゃなくて大丈夫なの？ 麗子は演歌のレッスンを受けてきたのよ」

峰子は、やや不満そうだった。

確かに、岡山の事務所の社長は、麗子の為に演歌用のデモCDを製作していたが、恐らく様々な理由でお蔵入りしていたのだった。

「谷田さん!! 分かってるよね!! 麗子に唄わせるんだからね。途中で折れるんじゃないよ!!」

峰子は俺を睨みつけていた。

海江田は恐らく麗子の出自を知っていたのだろう。それはとりもなおさず峰子の出自も知っている。つまり、自分からは麗子のCDを出そうなんて気がさらさらないが、だからと言って、麗子を自分のレコード会社の所属歌手にする事のメリットは計り知れない。そう踏んでいるのだろう。

しかも、俺の事を馬鹿そうだから、ふっかければふっかける程、ホイホイ金を出すと思っている節もあった。

「谷田さん、とりあえずCD千枚で、四曲入りのミニアルバム、でいきましょう。ジャケットの写真撮影と、レコード店で売る為の経費、あっそうそう、有線放送とテレビ出演料も必要です。ざっと見積もって三百万円を来週中にお願いします」

「え?」

〝話が違うじゃないか……〟

俺は、海江田が社長を務める西荻窪のジャパンレコードへ行った時、道を尋ねた時のたばこ屋のおばあちゃんの顔を思い出していた。

＊　＊

「あら、いらっしゃい」

「あ、この方、船岡先生、作曲をしている先生でアレンジがとても上手なんです」

海江田は得意そうに船岡先生を峰子と俺に紹介した。

〝船岡先生？　知らんなぁ〟

「こちら、谷田さん、今度、麗子のＣＤデビューの作詞をしてくれます」

「谷田です。よろしくお願いします」

「船岡です。よろしく。谷田さん、作詞は七・五調で韻を踏んでくださいね」

「はい」

〝完全に馬鹿にしてるな‼〟

内心、俺はムッとした。

「船岡先生、彼の詞をそのまま使わなくても構いませんよ‼　ぐちゃぐちゃにして、何なら全然詞を変えてもいいですよ」

海江田が船岡にこう言った。

「えっ？」

〝俺の詞じゃなくなっても構わない？　そんな阿呆な〟

実際のところ、このような事はよくあるらしい。素人まがいの作詞家の作品は、手直しによる手直しが入って、当初の作品とは全く別物の作品に仕上がってしまう場合があるので、本当に作詞家本人が書いたと言えるかも怪しいものなので、多くの作詞家は、本名での作品を発表する事はしないのである。

〝何だよ!!　船岡が作曲しやすい詞に船岡が書き替えて、そして、麗子が実際に唄ったら、『実はこの作品、俺が書いたんだ』って言うに決まってるじゃん。じゃあ船岡!!　お前は本当に麗子を売ってくれるのかよ？　俺は海江田から頼まれたから、やっただけです。って言うに決まってんだろ!!　お前らを売るために俺が三百万円も出して、お前らは峰子とはなるだけ関わりたくないから何もしない!!　峰子は麗子をだしにしたいけど金を出すつもりはない。そんなぁ……〟

＊　　＊

「あっそうそう。今回、麗子ちゃんには、しっかり唄ってもらわないといけないから、歌唱料二曲で五十万円必要になるのでよろしく」

海江田は、グラス片手にそう俺に言った。

〝え？　話、全然違うじゃん!!〟

「………」

〝後には引けない。何とかしなきゃ。麗子は俺と佳代の前で歌手になりたい、そう言った。しかも、麗子のバックにはたくさんの人間がいる。彼らが麗子を応援すれば麗子はきっと売れる。そして何よりも麗子と俺は心身ともに結ばれているんだ……。だから、だからこそ何があっても麗子をデビューさせなくては。でも……〟

俺は金策にばかり気を取られ、麗子がマリア・リンのような歌手になる為には、どうすべきかという事を考える余裕を失ってしまった。

幸い、佳代は麗子の歌手デビューの話に反対しなかったし、旅行に行こうと俺が月々積立てていた社内預金がそこそこたまっていたので、ローンを組む事だけはせずに済んだ。

＊　＊

目黒の写真スタジオは、モダンなスタジオで、多くの有名人がそこでＣＤのジャケット写真の撮影をしていた。

フォトライトに照らされた麗子は、清楚で澄みきった微笑を浮かべながら、カメラマンのリクエストに応えていた。

〝うわぁ……きれい!!〟

俺は心からそう思った。

傍らでその様子を見ている海江田は、昨日の酒が残っているのか、少し眠たそうだったが満足した表情だった。

「ジャケットのバックはどうする？」

ピンクベースのバックとホワイトベースのバックを海江田は俺に見せた。

「ホワイトベースのバックで」

麗子の無垢なイメージを出すには、ホワイトベースのバックが良いと思った俺は即答した。

「これは絶対に売れる。四曲の曲順は、どうしよう？　谷田先生の作品二曲の次に棚川さんとのデュエット曲、そしてもう一曲の順でいきたいと思うけど」

海江田は、棚川の面子も考えて三番目に、デュエット曲を持ってこようとしていた。

「三曲目と四曲目を逆にしてください」

どうしても、三曲目にデュエット曲を入れると、一枚のCDとしては収まりが悪かった。

「三番目と四番目を入れ替える。それはちょっと」

「じゃ、三番目を最初に持ってきて、二番目に四番目の曲、三番目と四番目に私の作品を持ってきてください」

「えっ……」

海江田は俺の提案に驚いた。

〝どうせ船岡の作品だ!!〟

確かに俺はOKを出したが、曲は明らかに船岡の作品に仕上がっていた。

「ＪＭＲＡＣには補作者として私の名前を登録するよ。だって本当の事だから」

〝やっぱり、そうだろ？　だったら、お前も本気で売れよ!!　どうせ売れないくせに!!〟

船岡からこんな話をされていたので、俺はもう自分の作品に興味を失っていた。

「谷田先生がそこまで言うのなら、分かりました。麗子さんを売る為には家一軒売ってくださいよ」

「え……」

〝家一軒売る？　冗談じゃない!!　売るのは歌手の仕事だろ!!　そもそも、本当に売れるかどうかも知らないのに……。人の褌で相撲を取るな!!　だから……〟

「まずは宣伝ポスターを作りましょう。二百枚で二十万円ぐらいになります」

海江田はポスター製作の話を俺に持ちかけてきた。

「その話、少し待ってください」

俺はすぐにはＯＫを出さなかった。

＊　　＊

「ママ、麗子のポスター作ったら何枚ぐらい貼れる？」

「さあ、二十枚程かなぁ」

「えっ……」

ほろ酔い気分で聞いていた俺は、峰子に気付かれないように店を出て海江田に電話をした。

「もしもし、海江田社長、申し訳ありませんが、ポスターの件はなしにしてください」

「えっ？」

「だから、ポスターの件はなしでお願いします」

俺は、そう言って電話を切った。

「もしもし、海江田ですけど」

俺が電話を終えて店に戻ったその直後に峰子の携帯が鳴った。

「谷田さん、ポスター作らないそうですよ」

海江田は俺とのやり取りを早速峰子に報告してきた。

「あんた‼　それどういう事‼」

峰子は俺を睨みつけていた。

「二十枚じゃね……」

〝百八十枚もゴミ箱行き？　二十万円、ドブに捨てるようなもんだ‼　そもそも、なんでそこまで俺がせなあかんねん‼　もしかして……〟

俺は、ふと峰子の金まわりが気になった。

〝ちょっと待てよ‼　百万円稼いでも、百万円使う生活してたら、実質貯金は〇《ゼロ》円だよな。もしかして、峰子は本当は金を持っていないのかも……。いや、絶対峰子には金がない!! だってこの店だって、開店資金に五千万円程かかったって言うし、客が来てるのあんまり見た事ないし、かと言って家賃や光熱費は毎月それなりに必要だし……。だからと言って、そこまで俺が面倒を見る必要があるのか？ いや決してない!! そんなにいちいち付き合っていたら俺が持たない!!〟

「あんた、折れるなって言ったでしょ!!」

「………」

峰子の態度が明らかに俺を脅しにかかっている。そしてドスの利いた声に俺は、八・九・三の本心を見たような気がした。

＊　＊

スタジオのセンターブースに船岡はどっしりと陣取っていた。

「さ、やろうか」

「はい」

こうしてレコーディングが始まった。

最初の曲がスタジオに流れ、麗子がマイクに向かって一フレーズ目を唄い出した。

〝あれ？　うぁー〟

麗子の声が想像以上に細かった。

〝何、これ……〟

音程に狂いはなかったが、ちょっと歌の上手い人と同じレベルだった。

〝これで五十万？　本当にボイトレをしてたのか？　それ以前に、本当に歌手になりたかったのか？　俺の目利きはいったい何だったのだろう？　そもそも、船岡はちゃんと麗子にレッスンをしたのか？　俺は海江田に言われて、麗子の歌唱料二曲分として五十万も払わされたのに……。いいものを作りましょうが、この程度のレベルなのかよ‼　いったい何やってたんだ……〟

俺の目が霞んでいったのだった。

「はい、峰子です」

恐らく、どこかから聞きつけたのだろう。峰子に麗子の夫である横浜修三から電話がかかってきたようだった。

「ちょっと待って、もしもし」

峰子はあわただしくスタジオを出て行った。と同時に、今度は麗子の携帯が鳴り始めて俺の中ではレコーディングどころではなくなった。

確かに、横浜修三にとって麗子がＣＤデビューすると、東京での後ろ盾を失う事になるので都合が悪かった。そこで、何としても今日のレコーディングは中止させ、ＣＤデビューを思いとどまらせようとしたかったのだ。

幸い麗子はレコーディングブースの中にいたので、横浜修三の努力も実る事はなかった。

ただ、スタジオ内では携帯の電源を切っておくのが最低限のマナーだと俺は考えていた。いくら俺がハイランド物産の窓際だからと言って、それくらいの常識は持っていると思っていた。にもかかわらず麗子の携帯は何度もスタジオで鳴り続けていた。

午後七時前にレコーディングは終わった。

船岡は満足そうにスタジオを後にした。

峰子は急いで赤坂の店に戻った。

「お疲れ様」

「ありがとう」

麗子は少しはにかみながら歩き出した。

＊　＊

レコーディングから一ヶ月後、海江田から連絡があった。

「ＣＤレコードができたけど」

「あ、それ全て麗子さんの所に送ってください」

「えっ?」

「もし、必要ならＣＤショップで買いますから」

「太っ腹やなぁ」

もっとも、ＣＤ千枚を俺が引き取っても、どうせ、ゴミになるだけで、前回作った花村恋の二百枚のＣＤも、どうしていいか正直困っていたので、俺は全て麗子にあげる事にしたのだった。

「ところで、ＣＤの中の二曲をカラオケに入れたいんですけど……」

俺は海江田に言った。

「二曲を?」

「はい」

一度カラオケに曲が入ると、その曲は半永久的にカラオケから削除される事がなく、その作品に印税が入ってくる。つまり、曲をカラオケに入れた時点で初めて、本で言うと出版した事になり、ＪＭＲＡＣの会員資格の維持が可能になるのだった。

「谷田先生、二曲で百万円になるけれど」

「え?」

個人でカラオケに曲を入れる事はなかなか難しいが、安い所で一曲三十万円、高い所で一曲なのだろう。

六十万円が相場である。二曲で百万円というのは、一曲当たり二十万円を海江田が抜くつもり

「入金後、一ヶ月ぐらいで入るけど……」

「……………」

「どうします？」

「承知しました」

カラオケに入れる事は峰子には黙っていた。

〝峰子に言って潰されたら……〟

麗子の名前でカラオケに入れる事は麗子の歌手デビューを決定づけるもので、俺のような無名の作家が手掛けた作品でデビューした歌手はメジャーにはなれないのであった。

「カラオケに入れるんだって？　死ね‼」

峰子は、本気で怒っていた。

「峰子さん。パーティー券五十枚、お願いします」

「分かりました」

海江田は、三月にホテルワシントンで、船岡をはじめとする歌の仲間達のディナーショーを企画し、そこで麗子をお披露目してデビューさせるつもりだった。

〝船岡のカラオケ大会のゲストがデビューだとなぁ。最初が肝心だからなぁ。売り方を間違う

と、ずっと売れっこないからなぁ〟

そんな事をぼんやりと考えながら、峰子と海江田の店でのやり取りを俺は眺めていた。

「峰子さん、大丈夫ですよね」

「…………」

「峰子さんには、それくらい売って頂かないと」

「ねぇ谷田さん、あんた何枚売る？」

「え、僕が？　さぁー」

正直、僕にはパーティー券を売る相手がいなかった。せいぜい佳代と俺が一枚ずつ買えるくらいだった。そんな事はお構いなしに、峰子は、俺に二十五枚ものパーティー券を押しつけようとしていた。

〝峰子、あんたは五十枚も売れないのか？　そんなに人望がないんだ!!〟

本来なら、麗子も友達がいるはずだから十枚くらいは捌けると思うが、そういう訳でもなかった。

「万一のために保険はかけますがね」

海江田は、峰子が五十枚のチケットを捌けないと踏んでいたのだった。

「峰子さん、お願いしますよ」

〝チケット五十枚も捌けないようではなぁ……〟

海江田は、少し呆れながらため息をついた。

〝よく、麗子ちゃんを歌手にしてくださいい。絶対、売れますから。なんて俺に言ったもんだ。こりゃ、だめだ!!〟


俺も海江田も峰子には落胆したのだった。

パーティー券を何枚売ってくれるか？　それは海江田が峰子に踏ませた踏み絵だった。

その踏み絵を踏めなかった峰子は、俺に踏ませそうとしたが、それも失敗に終わった。

そこに麗子の姿がなかった事に、俺は違和感を覚えた。

〝麗子不在で……。何やってんだ……。麗子!!　お前がしっかり売らなきゃあかんのに……。

海江田が麗子の力を見極めようとしてるのに……〟

麗子のポテンシャルの高さには自信があった。が、八・九・三ゆえの行動力のなさを見抜く事ができなかった。つまり、頭を下げて、物事を頼む事ができず、不利になればすぐに人を恐喝する八・九・三の本質を俺は見抜けなかったのだった。

＊　　＊

〝麗子の夢をかなえさせてあげた、そんな問題じゃない。麗子に出した六百万円近くの大金を、ドブに捨てるのか？　そんな事が、本当にできるのだろうか……？　これは人生最大の失敗をいとも簡単に認めろって言うのか？　それは、無理だ‼　でも、これ以上俺にはどうする事もできない。そもそも、峰子も峰子だ‼　いつも、俺の金ばかり当てにして‼　だいたい麗子の事を知ってる人間が何人いると思ってるのだ‼　パーティー券五十枚も売れへん。もちろん、峰子、お前は売るつもりないって言うかも知れへんけど、売れへんのが、こわいんだろ。

あのなぁ、売るって大変なんや‼　信用のないもんは売れへんねん‼　峰子、麗子、お前らチケットを俺に買わせようとしているけど阿呆か、それはな、私達売れません。信用ありませんって言ってるようなもんやん。チケット一枚自力で売れへんやつに誰が金出すって言うねん。あんな、俺は流通の世界におんねん。『八・九・三は抗争、流通は戦争』一歩間違ったら俺らの世界では死んでまうで‼〟

そんな事が俺の頭の中を堂々巡りして、一向に、打開策、つまり峰子と麗子が自分達の力でチケットを売る方法を見つけられなかったし、俺のウィスキーの量が増えていった。

〝あかん‼　これやったら自爆や‼　どないしょ……有線で曲を流して売るしかない‼〟

峰子からリクエスト番号を聞いていた俺は、有線に何回もリクエストの為の電話をかけたのだった。

「あんた‼　何してんの‼」

「リクエスト」

「誰の許可取ってるの？」

「………」

峰子から電話がきたのは、リクエストを始めて一週間程過ぎた頃だった。

「勝手な事止めてくれる!!」

「なんで？」

「勝手な事されたら、困るの!!」

「は……？」

「あんた、分かってるの？」

「………」

「今度、同じ事したらタダじゃおかないからね!!」

その声は、ほぼ恐喝に等しい声だった。

〝万事休す!!〟

しかも、峰子は、俺に麗子のプロモーション代等の金を要求してきたのだった。

〝なんで、俺が出さなあかんねん!! どうせ、売る気もないし、そもそも売れないし!! 家一軒潰す？ 阿呆な事言わんとって!! 麗子を売るのは、麗子の仕事!!〟

俺は一円も出すまいと決めたのだった。

「あんた、今度、麗子が浅草でキャンペーンをするの」

峰子からの電話だった。

「………………」

「応援よろしく」

「はっ?」

「五万円でいいから」

そう言って、峰子は俺に有無を言わせず電話を切った。

「佳代、今度、麗子がキャンペーンするから五万円包めって」

「五万円？　ちょっと止めといた方が……」

「そうだよな」

「いくら何でも、そんなん包んだら、次々って言われてしまうし」

「そうだよな」

どこかの時点で峰子、麗子とは縁を切らなければならない事は分かっていた。

〝それって、俺の目利きが間違っていた〟

どうしても、俺はその事実を認めたくなかった。

しかし、否応なしに峰子の追い込みは続いた。

「もしもし、谷田さん？　麗子のキャンペーン、今度の木曜日の七時からやるからね」

「あっそうですか。その日は用事が……」

「何言ってるの、分かっているわよね」

もし、行かないものなら、東京湾にでも沈められそうな強迫めいたドスの利いた言い草で、さすが峰子はその道の世界の人間だと俺は感じた。

＊　＊

浅草のキャンペーンは、レコード店の都合でキャンセルになり、急遽、赤坂の店で行う事になった。

キャンペーンというと聞こえがいいが、多くの場合は営業で、多くの歌手がスナックやレコード店を回って地道にCDを売っていき、そこからファンを一人一人増やしてファンクラブを作り、全国的に名前が売れて初めて一人前の歌手として認められるのが麗子のいる演歌歌謡の世界である。デビューからいきなりテレビに出られるのは、本人の歌が上手であるのは当然として、やはり事務所の力がものを言うのである。つまり、どの事務所に入るのか？　そして、事務所がどれだけ力を入れて売ってくれるのかがその後の歌手人生を左右すると言っても過言ではないが、峰子も麗子もその事実を理解しようとはしなかった。

それだけではなく、峰子は麗子の事を実の娘にもかかわらず、『金づる』としてしか見ていない。麗子をダシにして他人から金を引き出す事しか考えられなくなり、必然的に多くの人間が峰子の知らない間に去って行き、誰も峰子と麗子の事を本気で考える人間がいなくなってしまったのだった。

何でもそうだが、『一流』には『一流』の壁があり、その壁を『二流』や『三流』が突き破るのは至難の業である。そして、その壁を突き破る事ができた人間がヒーローとしてもてはやされるのだが、多くの場合『一流』に踏み潰されて何年か後には忘れ去られてしまう。そのようなむごい世界に俺達は生きているのだった。

見なれない番号からの着信が俺の携帯にあった。

俺が久しぶりに取引先の社長が紹介してくれた五本木の店に飲みに行く日の夜だった。

「こんにちは」

「………」

知らない男がカウンターにいて、すぐにどこかに電話をした。

俺はすぐに帰ればよかったが、十分ぐらい居心地の悪い店にいた。

「谷田さんですね!!」

急に二人の男が警察手帳を見せながら、店に入って来た。

「少しお話があります。ここでしましょうか？　それとも警察署でしましょうか？」

「………」

刑事が二人、俺の横に座った。

「警察に行きましょう」

二人の刑事と俺は赤坂署に行く事になった。そもそも、今日、その店に行く事は誰にも言っていなかった。

〝おかしいな……。俺は誰にも言っていないのに………待てよ‼ その店も……‼〟

「谷田さん‼ あなた、ストーカーの被害届けが出されてるんですよ」

刑事の一人が俺に言った。

「はっ……」

「えっ……」

「あなた、以前、富士峰子さんの自転車の前に立ちはだかりましたね」

「調べれば分かるんですよ」

「そう……言われれば……そう……かも知れませんが……」

「その時の状況を詳しく話してください……」

「えっと……」

刑事は裏紙に調書を取り始めた。

〝――え、裏紙の調書。峰子が警察を使って俺を恐喝している。警察も、七十近いバアさんにストーカーはあり得ないと思っているが、素性の調べもついているし……、無下にもできないから、俺を犯罪者に仕立て上げるつもりだな。やっぱり、八・九・三と警察は……。

いや、そんな事はない。絶対に警察は、俺達真っ当な市民の味方だ……。こんな事で俺は峰子に屈する訳にはいかない。何があっても俺は負けるもんか……。俺には警察が味方だ!!〟

俺はこんな事を思いながらその刑事に正直に今までの出来事を話したのだった。

「処分は追って文書で通達する」

その刑事はそう言ってから峰子に電話をかけた。

「もしもし、富士さん、ちゃんと話は付けときましたから」

その刑事は俺に電話に出るように促した。

「もしもし、あんた、分かってるわよね。今度、同じまねしたら承知しないからね」

ドスの利いた峰子の声だった。

「す、す、すみませんでした」

俺は声を絞り出して峰子にこう言って電話を刑事に代わった。

「もしもし、そういう事で、本人も反省しているようなので、よろしくお願いします」

そう言って刑事は電話を切った。

〝えーっ……警察署の中で、なんで、なんで、八・九・三に謝らなあかんねん。警察が八・九・三の言う事聞くの?〟

俺には信じられない事だった。しかし、これが現実だった。

確かに、様々な事件が起こる世の中で、八・九・三の持つ情報ネットワークは他の第三者には持ち得ないもので、犯罪防止または早期解決に必要な事もあるだろう。それは時代がいかに進化しようとも、ＩＴがいかに発展しようとも、人と人との繋がりに勝るネットワークは存在しない。だから、「矩《のり》を踰《こ》えず」ならば、「清濁併せ呑む」事も必要なのかも知れない。それがいわゆる『大人の社会』そして、それができる人間を『社会人』と言うのかも知れない。

その意味で、俺は完全に『子供』のまま大きくなった『世間知らずのお馬鹿さん』だった。


更に翌日の事だった。

「本社人事の鈴本さんから電話です」

〝鈴本？〟

「もしもし、谷田さん、ちょっとよろしいですか？　今日四時に会議室へ来てください」

「はっ……はい」

〝鈴本ってあの横浜の営業部長だった鈴本？〟

俺はぼんやり彼の顔を思い出した。

「失礼します」

「谷田さん、あなた昨日、赤坂署に行きましたよね」

「はっ……はい」

「どういう事が分かってます？」

「………」

「あなた、そこで調書を取られましたよね」

「はっ……はい」

「あなたのした事がどんな重大な事か分かってます？」

「………」

明らかに鈴本はいらだっていた。

「昨日、赤坂署から電話があって、すぐに来るようにと言われたから、何事かと思って飛んで行ったら………」

「………」

「谷田さん‼　あなた就業規則を見た事あります？」

「……いぇ」

「あなたねぇ。勤務時間外と言えども、ハイランド物産の社員なんですよ‼」

「………」

「とにかく事由書を書いてください」

鈴本は俺に弁明もさせず、事由書を書かせた。

〝なんで……俺、別に何も悪い事してないのに〟

確かに、峰子の罠にかかったのは、うかつだった。それよりも、麗子に約六百万円近く使って、犯罪者に仕立て上げられた事が理不尽で納得がいかなかった。

「書きました」

「確認します」

鈴本は俺の事由書を取り上げるなり、赤ペンで添削を始めた。

「このように書き直してください」

「は……」

そこには俺が興味本位で峰子にストーカー行為を行ったという全く俺の意としない内容の文章が並べられていた。

「えっ？」

「はい、ここに印鑑を押してください」

「………」

「ここです、ここにです。早く、早く押してください。早く押せ、早く押せよこの馬鹿」

鈴本も我を失っていた。

「何らかの処分があると思います」

そう鈴本は俺に言い放って会議室を出て行った。

〝あー。首かぁ。今さら、就職先もないしなぁ。佳代と離婚か……。かと言って、どうする事もできないし。何やってんだ!! 俺!!〟

ただただ呆然としたままだった。

＊　＊

会議室に呼ばれてから一週間程経ったある日、

「谷田さん、本社人事の鈴木さんから電話です」

呼び出しだった。

「はい、谷田です」

「鈴本です。今日の十一時に本社ビル七階の会議室に来てください」

「十一時に七階の会議室ですか?」

「はい、上長には許可を取ってあります」

「はい、……」

会議室には鈴本と人事担当副社長がいた。

「谷田さん。ただいまより処分を言い渡す」

人事担当副社長が重い口を開いた。

「出勤停止一ヶ月」

「えっ？　はい」

〝助かった……首にならんで済んだ……〟

俺はほっとため息をついた。

「詳細は鈴本の方から聞くように」

そう言い残して副社長は会議室を出て行った。

「谷田さん、あなたは明日から一ヶ月間の出勤停止になります。給料は九十九・八％の減額になります。それから土曜日・日曜日以外の午後五時に、本社人事部に電話を入れるようにしなさい。以上です」

処分の言い渡しが文書ではなく口頭で、あっという間に終わってしまった。それによって俺は自分の社歴に重大な汚点を残し、この汚点は、制度上一年間何もなければ記録から抹消されると言われているが、それは違った。

第六章

俺は会社に復帰し、営業部門から総務部門へと異動となり資料のコピー取りなどの雑用をしていた。麗子をCDデビューさせた印税は二百円だったがこの頃は全くなくなり、あっても二十~三十円あればいい方で赤坂の峰子の店にも行かなくなって四年が過ぎ、俺は五十歳になっていた。

「あ、もしもし、大和田さん」

海江田はいつも以上に上機嫌だった。

「もしもし、海江田社長、実はお話がありまして」

「お話と言いますと?」

「お宅の所属歌手の麗子さんの事で……」

「何でしょう?」

「電話ではなんで、一度お会いしてと思い、お時間頂けないでしょうか?」

「そうですね、来週の月曜日午後一時に新宿京成パレスホテルで」

「じゃ、来週月曜日、よろしくお願いします」

大和田は大きく息を吐いた。

＊　＊

月曜日はあいにく小雨模様だった。

「ご無沙汰しております。大和田です」

「どうも、海江田です」

「早速ですが、事は峰子さんから頼まれて、麗子さんのCDをうちから出して欲しいと……」

「それは、困りましたねぇ」

海江田は余裕の表情を浮かべていた。

〝麗子のCDを千枚出したはいいものの、結局そのCDは買い取らされたし、テレビに出してもいまいち反応はないし……。峰子から、キャンペーンをやるから、協賛金を出せ、出せと言われるし、谷田は何も言ってこないし、……。正直、麗子なんか売る気はさらさらないし……。今回の話、今後の成り行きでは、悪い話ではないかも……〟

海江田は頭の中でそろばんを弾いていた。

一方、大和田の表情は浮かなかった。

〝麗子が全くの新人ならまだしも、インディーズと言えども歌手デビューしてるし。峰子との関係ならまだしも、谷千春先生の直弟子だから、今後の事を考えると……。そもそも、売れる保証もないのに、いくら谷千春先生の弟子だからと言って、会社が金を出す訳はないし……。かと言って、CDを出さない訳にはいかないし〟（……海江田に頼むしかないか）

「あの、お宅の麗子さんを今度うちからデビューさせたいのですが……」

大和田は恐る恐るこう切り出した。

「うちの所属タレントをですか？」

「ええ」

「困りましたねぇ……」

海江田はもったいぶってこう言いながら、タバコに火を付けた。

「麗子はうちが発掘したタレントですよ。そう簡単に、『はい』とは言えませんがねぇ」

「もちろん、その事は承知しています」

大和田の額には、じんわりと汗が滲み出ていた。

「仮にお宅で『どうしても』と言うのであれば、それなりの誠意があってもよろしいのでは……」

海江田は声のトーンを少し落としながら、ゆっくりと大和田に詰め寄った。

「誠意と申しますと……」

大和田は海江田の真意を測ろうと彼の瞳を覗き込んだ。

海江田は言葉を選びながら大和田に言った。

「大和田さん。大和田さんもこの世界に入って長いですよね」

「えぇ。まぁ三十年程にはなります」

「麗子はポテンシャルが高い‼　そう、大和田さんは見てるんじゃないですか？」

「そ、そうですね」

大和田は少し面食らってしまった。

「あのハイランド物産の谷田さんがわざわざ麗子をうちから歌手デビューさせたんですよ。ハイランド物産は商社の中でもトップクラスの目利きの社員が集まっていると言われている会社ですよ」

「………」

「大和田さん、今日は一端ここで話を終わりにしませんか？」

「えっ‼　はい」

「もし、何か良い提案があればご連絡ください」

そう言って、海江田は伝票をサッと取って店を出て行った。

「うーん。参ったなぁ」

大和田は頭を抱え込んでしまった。

〝確かに海江田社長のおっしゃる事は一理ある‼　でも、本当に麗子が売れるのか？　そもそも麗子の唄を聞いたけど、ボイトレも不充分だし、曲も俺のイメージとは違うし……。ただ、峰子が峰子だけに……〟

何はともあれ、大和田は麗子のＣＤを出す為には多少の犠牲は仕方ないと、海江田との面会で覚悟したのだった。

＊　＊

一週間程経った頃だった。

「もしもし、海江田社長、大和田です」

「あ、大和田さん？　どうも」

「あのー、例の件でお時間を」

「じゃ、この前の場所で、明日の午後一時で」

「承知しました」

大和田は大きくため息をついた。

京成プラザホテルの喫茶店にはモーツァルトの曲が静かに流れていた。

「例の件ですが……」

大和田がゆっくりと切り出した。

「業務提携をして、うちが海江田社長の所の歌手のＣＤを販売ルートに乗せる事と、キャンペーン等でうちのアーティストを派遣するという案でいかがでしょう？」

「……………」

海江田はすぐに『うん』とは言わなかった。

「大和田さん。何か……」

「確かに麗子さんは歌手デビューをしたけれど、如何せん実績がない。なので、そこは……」

「そうですか」

海江田はやや不満そうだったが、さすがに大和田も麗子に対する移籍金を出す訳にはいかなかった。

それから三日後の事だった。

「もしもし、大和田さん」

「はい大和田です」

「例の話、承知しました」

「あ、ありがとうございます」

大和田はふーっと大きなため息をついた。そして峰子に電話をした。

「あ、もしもし、峰子さん」

「はい」

「例の件、今度うちからデビューさせる事ができるようになりました」

「あ、そう」

「一度、麗子さんとお会いしたいんですが」

「いいよ、分かったよ」

峰子は、ホッと一息ついた。これで、麗子をメジャーデビューさせられる。

峰子の頭から、谷田の事などすっかり消し去られてしまっていたのだった。

「麗子さん、今度うちからデビューする事になったんだけど」

「ありがとうございます」

麗子は大和田に礼を言った。

「ところで、名前どうする?」

麗子は一瞬顔を曇らせた。

「えーと」

本当は本名でデビューしたかったが、カラオケに本名でデビューした曲が谷田によって配信されていたのだった。

〝谷田さんたら〟

麗子は心の底から谷田に対する怒りが込み上げてきた。

〝あの人、今、何してるんだろう？　でも、私が歌手デビューできたのは、谷田さんのお陰
……〟

麗子は、ふっと我に返った。

〝谷田さんの恩は忘れてはいけない。本当に腹が立つけど……〟

「あのー」

「はい」

「ハイランドレイコでお願いします」

「ハイランドレイコ？」

大和田は少し面食らってしまった。

「ハイランドレイコですか？」

「ええ、それでお願いします」

「本当にこの名前でいいんですか？」

「はい、この名前で……」

麗子の意志は固く、大和田が翻意を促しても無駄だった。

〝谷田さん、これが私の誠意よ〟

麗子は心の中でこうつぶやいた。

＊　　＊

江戸川台で行われたレコーディングは順調に終わった。そのスタジオで、かつて谷田が花村恋のレコーディングに立ち会った事など、麗子には知る由もなかった。

ただ、麗子は誰かに背中を押されているような気がしてならなかった。

「はい、ＯＫ」

大和田は満足そうな笑みを浮かべた。

しばらくすると大和田の携帯が鳴った。

「大和田さん？」

峰子からだった。

「麗子をそちらからデビューさせたでしょ」

「はい、峰子さん？」

「キャンペーンのスケジュールや、テレビ出演のスケジュールはどうなってるの？」

「え？」

「テレビはＮＫＢでなければダメよ」

「え、ＮＫＢ？」

峰子は一方的にまくし立てて電話を切った。

「ＮＫＢ？　そんなの無理、うちらがキャンペーンをやる？　なんで？」

大和田は頭を抱えてしまった。

確かに麗子はデビューしたが、アーティストとしては未知数で、会社が販促費をかけるレベルではなかったし、そもそも、キャンペーンやテレビ出演の交渉はレコード会社ではなく芸能事務所が行うもので、大和田の力をもってしてもどうする事もできなかった。

大和田は峰子に今回の麗子のデビューにかかった費用の事で電話をかけたが、なしのつぶてで、仕方なく麗子にデビューにかかった費用の事で電話をかけた。

「もしもし麗子さん」

「はい」

「ＣＤレコードの製作費八百万円、お支払いをお願いしたいのですが……」

「えっ……」

麗子は困ってしまった。

「そんな……」

三ヶ月経過しても麗子からの入金はなかった。

「大和田君」

「はい」

「例の麗子さんのＣＤ製作費、入金がないがどうなっているのかねぇ」

「申し訳ありません。早急に振り込むように催促しているのですが……」

「もうすぐ決算なのは知っているよね」

「ええ……」

経理部長から直接入金がない事を責められても大和田は何の反論もできなかった。

「もしもし、峰子さん？」

「はい」

「ＣＤ製作費の件ですが……」

「それより、キャンペーン、どうなってるの？」

峰子のドスの利いた声が受話器から伝わってきた。

「はい？」

「あんたに言ったわよね、麗子をそちらからデビューさせたのにキャンペーン一つないの？　それと何よ!!　ハイランドレイコって芸名、これじゃエセアメリカのジャズシンガーみたいじゃない!!」

「それは、麗子さんが……」

「何、言ってるの、あんたが責任取りなさい!!」

「えっ？」

『ガシャン』

峰子は一方的にまくし立て、電話を切った。もちろん峰子はCDの製作費を一円たりとも出す気がなかったし、そもそも出す当てがなかった。

＊　＊

「大和田さん、経理部長がお呼びです」

とうとう王冠レコードが決算月を迎えたが峰子からはもちろんのこと、麗子からのCD製作費の入金もなかった。

「大和田君、CD製作費実費で五百六十万円、損金計上するから」

「は……はい」

「始末書を今週中に出してください。それからしばらくプロデューサー職を外れてもらうから」

「は……はい」

〝峰子の言葉を鵜呑みにしたばっかりに〟

大和田は家の近くの蕎麦屋ですする蕎麦が心なしか、しょっぱかった。

『おかけになった電話をお呼びしましたが、お出になりません。メッセージをどうぞ』

峰子が大和田の電話を何度鳴らしても、彼は一度たりとも出ようとしなかった。

「こんにちは、大和田さんはいらっしゃる？」

「あいにく席を外しておりまして」

麗子が大和田の会社を訪ねても、居留守を使ってまでも大和田は麗子と会おうとしなかった。

せっかくの麗子のメジャーデビューも失敗に終わってしまったのだった。

＊　＊

麗子がメジャーデビューしてしばらくした頃俺はネットで麗子の事を知った。

〝あ、麗子、メジャーデビューしたんだ〟

〝でもネットには歌手デビューって書いてある。何それ!!〟

俺は自分が麗子をプロデュースして最初に歌手デビューさせたのに、それがないがしろにされている事に心底腹が立った。

〝ハイランドドレイコ？　何それ、これって、俺の勤めている会社から名前取ってるやん。どういう事？　何か、この詞……。麗子、本当は俺の事……〟

確かに麗子のデビュー曲は俺と麗子と峰子の赤坂での出来事をモチーフにした詞で、最初の『雪のメッセージボード』という作品は、電車好きの俺と麗子の別れを唄った作品に思えてならなかった。

〝待てよ‼　もし、麗子がこの歌を唄えば唄う程、無意識のうちに俺との出会いと別れがすりこまれ、決して忘れる事ができなくなるのではないか……。よく作詞は作詩って言うけど『詩』って漢字はごんべんに寺だよな、寺って宗教で知らず知らずのうちに信心が芽生える、つまり言葉で洗脳されるんだよな。麗子、お前ってやつは……。会いたい‼　会えない‼　峰子が余計な事したから……〟

そして、峰子はことごとく麗子のチャンスを潰している事に気が付いていなかった。

そう思うと麗子への腹立たしさは消えていくのだった。

＊　　＊

それから八年が過ぎた八月頃だった。

「もしもし」

「もしもし」

「あんた、何してるの？」

峰子からの電話だった。

「寝てたら、たまーにあんたが夢に出て来るの」

「ふーん、麗子ちゃんは頑張ってるの？」

「あの子、まぁね」

「何か三軒茶屋で唄ってるんだって？」

「そうよ、頑張ってるよ。そう、今度、久しぶりにお茶しようよ」

「…………」

「知り合いに面倒見のいいのがいて、あんたの詞もなかなかだから紹介するよ」

「…………」

「そう言えば知り合いがレコード出すって私が動いて、大変だったのよ、両手はかかったわ」

「一千万円？　どうしたの？　そんな金、どうせまた……」

「いずれにせよ連絡頂戴」

「また……」


峰子の声に特に変わりはなかったが、ネットで調べてみると昔の面影はなかった。

声から想像して、峰子は俺に金の無心をしに来た事はすぐに想像できた。と同時に俺のフェイスブックにハイランドドレイコのハイランドとはハイランド物産のハイランドだと言う書き込みに難くせを付けて、俺の会社から金を出させようとしていた事も俺には想像できるのだった。

麗子は大和田の紹介で王冠レコードのグループレコード会社であるミールフォンから三度目の歌手デビューをしたらしかったが、ミールフォンの所属歌手にはならなかった。

〝あれ、麗子の歌手デビュー曲が、俺がプロデュースした作品になってる〟

俺はネットサーフィンをしてその事実を見つけた。

やっと今までの努力が少し報われた。これを見た人が一人でも麗子のデビュー曲に興味を持ってくれればそれでいい。真の歌手デビューは俺が金を出してさせたんだから……。しかも、俺が自分の意思で売れると信じて投資したんだから……。

ただ、売り方を間違った。そして、デビューのさせ方も間違った。事業としては失敗しただけの話なんや。麗子は俺から六百万円を引き出すだけの魅力を持っていた。俺から大金を引き出したのは俺と結婚して人生にかかるお金を全て手に入れた佳代と麗子の二人だけやったんや。

もちろん、世間には新宿のクラブや銀座のクラブの女の子に何百万、いや何千万という大金を注ぎ込む男はいるだろう。その意味では俺のしていた事もそうたいして変わりはない。そして、大金を注ぎ込んで破産する男《やつ》、犯罪に手を染める男、あげくの果ては人を殺してしまう男等もいるっちゃあいる。そんな男《やつ》らと俺は程度の差こそあれ同じ仲間で、ある意味人生の『窓際』なのかも知れん。

ただ、一つ言えるのは、俺は本名もペンネームも含めてカラオケで名前は残した。そして、ネットで調べれば俺の顔がヒットする。最低限生きた証しを残した。それだけで生きた価値があったんとちゃうか？

確かに、麗子の真のデビュー曲は、峰子が絶対に唄わせないだろう。でも、峰子もいずれこの世を去る。普通に考えたら麗子よりも、俺よりも早い、下手すれば十年後にはいないかも知れない。その時、麗子に対する峰子の呪縛が解けたら、もしかすると麗子が真の意味で自由になったら、あの曲を麗子が唄いヒットする事もあり得るし、本当にあの詞が麗子の心を言い表せていたのなら、きっと麗子が自分の唄としてヒットさせるだろう。

他の詞は全て麗子の言葉を聞いてその言葉を基に作詞をしたか、麗子が書いた詞をベースに様々な人間が寄ってたかって書いたか、もしかしたら、麗子の書いた詞に名前だけ貸して、上前だけはねたのか？

いずれにせよ、曲は麗子の師匠が書いたにしてはあまりにもイメージが違う。確かにランキングデータにもチャートインしているし、有線でも上位に入っている。けど……。

ＮＫＢに出られない!! 有名なバックがあるか分からない。いずれ出て来るかも知れへんけど出られない!! そして、キャンペーンも前回は五千円取っていたのに、今回は三千五百円に値下がりしている!!

どういう事だ？ 常識的に考えたら五千円でも客が呼べなかった!! スナックのキャンペーンで十五人程度のお客も呼べなかった!! 五千円だよ、普通のスナックの飲み代だよ！ 店の儲けゼロだよ!! それが三千五百円？ 付き合いでやってる、ある意味スナックは儲けなしの赤字だよ!! しかもＣＤ付きで!! さすがに赤字にはできないからワンドリンク限定で食べ物代は別にしてるみたいだけど……大丈夫だろうか？

　ＣＤ付きという事は、売るのに苦労してるんや!!　千枚売り切るのも大変なんや!!　やっとキャンペーンで呼んでもらえるようになったみたいやけど、これも王様レコードのブランドがあるからかもなぁ……。そう言えば、海江田が昔、おもろい事言うとったなぁ。スナックに演歌歌手のポスター貼ってあるのって、あれ、この店がどの組と繫がっているかっていう暗黙のメッセージで関係者が見れば一発で分かるって。もちろん麗子もポスター作ってるやろから、キャンペーンで行く先々に爪痕残していってると思うし、演歌歌謡曲の歴史を見れば別になぁ……。

　でもな、麗子も他の歌手と同じ手法で売ってるやん、なんで、何が違うの？　そもそもいっときは有名な、それこそＮＫＢのドラマにキャスティングできる力のある事務所に所属してたっていう噂を聞いた事があるし……。もしかして、これからか？　間に合うんか？　他の歌手よりも十年遠廻りしてるけど……。

　まじで俺がデビューさせた時に一生懸命営業して名前売って、それで大和田の所へ行ったのならまだしも、デビューして三年、ろくろくそんな努力もせずに、そして大和田に見離されて……。峰子も何も分かってない。俺が麗子を利用したって事は俺が有名になれば麗子も有名になる。逆もまたしかり、つまり俺と麗子は一蓮托生の関係にあったにもかかわらず、俺から金を取ろうとした、目先の利益しか見てなくて……。

〝ラストチャンス〟俺にはそう思えた。

でも、麗子は歌手になって、何がしたいんだろう？　麗子は歌手になった時、何かしたいという、強く熱い思いってあったんかなぁ。例えばＮＫＢの年末の歌の祭典に出るとか……。

もしかして、歌手にはなったけど、なんかなぁ……その先の思いが強くなかったのかなぁ。だから、自分から一生懸命何かをするっていうのがないのかなぁ。峰子に言われるがまま流されて今まで来たのかなぁ。確かに今は三軒茶屋でクラブシンガーとして、たまにラジオやローカルテレビに出て、キャンペーンで中国、四国の方へ行ってるみたいで、それなりの活動はしてるけど……。その意味では他のただ歌が好きでＣＤ出しましたっていう歌手に比べたらましって言えばましやけど……。

でもなぁ……。この前、たまたま学生時代の友達の前で麗子の歌、唄ったけど、誰も『誰この人、知らんわ』で終わってんねん。その意味じゃ麗子が売れてるって言っても仲間内だけの話で、本当に売れてるのかって言ったら、どうかなぁ……ってなるわな。それでも、麗子は人前で唄ってるから、売れてないって言ったら嘘になる……。でもな、俺が目指した麗子は本当に売れてる。日本国営放送のＮＫＢの歌番組で唄う麗子やってんけどなぁ……。たぶん、何かを成し得た人には強い思い、それは誰よりも人一倍強い思いを持ってやっている人だけが得られるもんなんかなぁ。

俺かってそうや‼　ハイランド物産に入ったのかて、どうしてもやってみたい仕事があったからちゃうし、入っても、この仕事に命を懸けるなんて思って仕事をしたんとちゃう。なんかなぁ、仕事に流されて、目の前の事を精一杯こなして来ただけやんか！　麗子も同じようやったら俺は少し悲しいなぁ……。でも麗子が何をしたいのか？　それは麗子しか分からへん事やし、麗子の人生そのものとちゃうんかなぁ。

それでも麗子は頑張ってるやん、だって麗子はネットで引くと出て来るもん。俺かってそうやけど、少なくともこの世に生きてるし、知名度があるだけましやって言うたらましや。多くの人間は生まれて、勉強して、仕事して、子育てして、家のローン払って死んでいくんやで!!　その過程の中で喜び、悲しみ、楽しみ、苦しみながら生きてるんとちゃうんかなぁ。

確かに、会社の中でえらくなっても、会社を辞めたら、忘れ去られる。そんな人が多いし、叙勲を貰っても、最後は老人ホームのベッドからころげ落ちて死ぬ人も俺は知ってる。そんな中でほんの一握りの人間が俺達の世の中を作り動かしているし、時には全然知らない人に命を取られる事もある。何かなぁ……天寿をまっとうできる事が本当の幸せで、その為に生きているんとちゃうかなぁ……。

確かに　今回のCDが麗子に取ってラストチャンスや!!　けど、麗子がこの十年と同じ事しかできなければ、やっぱり全国的に麗子の名前を知らせる事はしんどいやろなぁ……。少なくとも、麗子が自分で『私はこんな歌手になるの!!　そして何かで天下を取るの!!』っていう熱い思い。その為の唄の技術的な努力、実力者にお願いする勇気、そして聴く人を『さすがハ

イランド・レイコ』と言わせるようなステージ、その為の人目につかない所でのたゆまぬ努力‼

でも、『私、いまのままでいいの』っていう考えも麗子‼　お前にはありだぞ、ただ、麗子、お前は来年四十歳になる。四十歳にして迷わず、あのな麗子、四十歳になるとお前の生き様が決まってしまうぞ‼　それだけはしっかりと覚えておけよ‼

もちろん、麗子、生き様を決めるのは、峰子でも俺でも、大和田でも、クラブの社長でも誰でもない‼　生き様と向き合って、一生懸命努力をしてこそ、今まで麗子を利用してきた人間達が麗子に『救いの手』をさしのべる。もちろん俺だってそう。もうすでにハイランドレイコではない麗子の二枚目のCDが出せるようにと、一枚目のCDを出したすぐ後に海江田にお願いして作った音源を、麗子がデビューして二枚目をなかなか出せないと思ったからせめても制作費だけでもお金がかからないようにと思って大和田に託してる。

俺と麗子の縁は、お前が切りたくても切れないいし、そもそもお前は切ろうとしていない。心のどこかで繋がっている。それをお前が一生懸命否定してもそれは無理というものだ。

少なくとも、麗子、お前が本当に愛した男は他でもない俺だ‼　だから、俺は麗子の事を気にかけて生きていく‼　少なくとも俺もそれぐらいの心は持っているつもりだ。本気で俺を愛した女を、たとえ別れても、無下にはしない。それが男の本懐でそれこそが『男らしい』のだ‼　だからこそ、安心しろ麗子‼　お前には俺がいる‼　俺に佳代がいるように‼

俺はこの思いが麗子に届けと願った。もちろん麗子は『きもい』と思うかも知れない。が、それはそれでよかった。

そして、男と女、真実の愛を契る関係など恐らく無理なのだろうな、と俺は想像しているのだった。だいたい人は自分の意志で選択する事が苦手な生き物に思われたからだった。

＊　＊

「谷田さん、物流管理担当を命ず」

鈴本は無表情で俺に異動の内示を言い渡した。

「谷田さん、四月一日から羽村の物流センターで勤務してください」

「は、はい」

「物流センターに山田がいるので、当日は山田を訪ねてください。以上です。何か質問はありますか?」

「いえ」

俺が五十四歳の三月二十九日の事だった。

ハイランド物産では、管理職や一般職で五十五歳以降、必要とされない人材は、早期退職の勧告、本社部門のスタッフ職への異動、子会社への出向、関係会社への出向または転籍の道が用意されており、新たな部門で成果を出せば役員にはなれなくても、それなりの待遇は期待でき、結果社会人としてのプライドだけは満たされつつサラリーマン人生を卒業できる道は用意されているのであった。

その一方、物流センター勤務になると、定年までその場所で勤務するのが社内の暗黙のルールで『会社の問題社員または窓際社員』の最後の受け皿的な職場なのだった。

〝終わった‼ 実質的な定年退職だ‼ もし俺に何か特技があるのなら、収入の手だてが他にあるのなら……。しかし、何一つない。辞めるに、辞められない……。定年延長が言われている中、ハイランド物産は実質六十五歳定年で、更に七十歳まで雇用が検討されている中、俺は少なくともあと十一年、長ければ十六年、物流センターにいなければならないのか……。大学まで出て、これか‼〟

不覚にも涙が頬を伝ってしまった。こうなったのも全ては自己責任なのだが、やはり何も言葉には、ならなかった。

「佳代、ただいま」

「おかえりなさい」

「あのさ、四月から羽村の物流センターに行く事になった」

「あっ、そう」

佳代は全く関心を示さなかった。

「ねぇ、私、四月から週四日でパート始めるの!!」

「えっ」

佳代は俺が知らない間に、モリ薬局というドラッグストアの面接を受けていたのだった。

「お前、大丈夫なの?」

「うん、だって午後二時から七時までなんだもん」

「で、何やるの?」

「薬局の受付」

「大丈夫かなぁ。お前、急に休むとかしたら絶対にダメだからな」

「うん、分かってる」

〝確かに俺は今回の異動で絶望した。でも俺は、俺は『サラリーマンの最後の砦』だけは崩していない!! 『サラリーマンの最後の砦』? それは、休まない!! どんな事があっても休まない。つまり突発的な休みを取らない!! 『時間厳守』!! これはサラリーマンだけではない、どんな大人も絶対に守らなければならない最低限の約束!! ハイランド物産に縋《すが》るしかない、その為には、何があっても休めない!!〟

俺にとっては、これこそが人生最大の試練で、窓際社員に対する会社の仕打ちだと思った。

＊　　＊

「おはようございます」

「…………」

「今度、異動してきた谷田です。よろしくお願いします」

「…………」

山田は、俺を一瞥した。

「ロッカーは二階、作業着に着替えて、一階のコントロールルームに」

山田はそれだけを言って部屋を出て行った。

十分後に俺はコントロールルームに行った。

「遅い!!　さっさとしろ!!」

山田はフロア全体に響く声で俺を怒鳴り付けた。

「すみません」

「その台車、十台、こっちに移動」

山田はそう言い付けて事務所に戻った。

〝台車十台を移動って？　どうやって？〟

周囲には誰一人いなかった。

俺は台車を一台ずつ移動させていった。

「お前‼　何やってんだ？」

「………」

山田は俺を小馬鹿にした様子で、

「なんで一台ずつ移動させるんだ？」

「なんでって？」

「お前‼　馬鹿か？　台車をこうやって畳んで重ねて運べば十往復せんでも三往復で済むんとちゃうん？」

明らかに山田は俺を試していたのだった。

「あ、そうですね」

「『あ、そうですね』じゃないだろう‼」

山田は呆れた感じだった。

〝こいつ、まじ使えねぇ〟

山田はそう思っているようだ。

〝何だこいつ‼　お前もどうせたいした事ないくせに〟

俺の顔にはそう書いてあった。

「谷田‼」

「はい」

「お前、今日はいいからそこの棚の片付けしとけ‼」

「棚の片付けですか？」

「昼までにやっとけ‼」

山田はそう言って足早に事務所に戻った。

〝棚の片付けって……。何をどうすれば……〟

棚には無造作に汚れた段ボールが重ねられ、中には書類や伝票類がぎっしりと積め込まれていた。

〝どうやって片付けろって言うんや？　この書類、重要な書類なんか？　それとも捨てていいんか？〟

正直、俺はどこから手を付けてよいか分からず、気が付いたら、時刻は十二時をまわっていた。

「谷田さん、どうですか？」

心配そうに、明子が俺の横で見ていた。

明子は本社の秘書課に長く勤めていたが、定年が近くなり、物流センターに異動になった女性だった。

「この書類を片付けなさいって？」

「はい」

「山田さん、無茶言うわね」

「え」

「この書類、何かとても大切な書類らしいのよ‼」

「明子さんはご存知ですか？」

「いいえ、私もよく知らないの。ただ……」

「ただ？」

「表には出せないって事だけは聞いてるの」

「へぇ……、もしかして……」

「もしかしてって？」

「粉飾とか、損失飛ばしとか？」

「さぁ……」

明子の顔が少し曇った。

「ま、この棚の整理は今度にしましょ」

「でも、山田センター長が……」

「大丈夫、私から言っとく。彼、私の言う事は何でも聞くから」

「よろしくお願いします」

「それより休憩の時間よ」

「そ、そうですね」

俺は明子より少し遅れて休憩後、事務所に戻った。

「谷田!!」

「はい」

「今日はもういい!!」

「え?」

「五時までここに座ってろ!!」

明子から何か言われたのだろう。明らかに山田は不機嫌だった。

その後も、山田の俺に対する嫌がらせは続いた。

〝もう、会社、辞めようか……。もし麗子のあの曲がヒットしていたら。俺は、事業に失敗したんだ!! 麗子をデビューさせ印税で儲けて、悠々自適のはずだったのに!! 俺には見る目がなかった!! でも、それだけは絶対に認めるもんか!! 失敗を認める? そんな事できる訳ないやろ!! お前ら、ただのサラリーマンに何が分かるねん!!〟

こんな事ばっかり考えていた俺は、完全に仕事に対する意欲を失い、言われた事もまともにやらなくなってしまった。

時々明子が心配そうに俺を気にかけてはくれるものの、そんな明子のやさしさも俺には響かなくなり、定時に物流センターに出勤し、定時に物流センターから帰宅する日が一年程過ぎた頃の事だった。

＊　＊

その日は、たまたま山田も明子も休みで、俺は午前中から暇を持て余していた。

そこで、以前山田に命じられた棚の整理でもしようと、倉庫の奥の誰も来ない棚のある場所にある段ボールの整理を始めた。

「令和五年度経理書類（社外秘）」と書かれた段ボールに俺は気付いた。

〝何だろう？『社外秘』って？〟

俺は何気なく段ボールの蓋を開けてみた。

『横浜営業所経費申請書類』と書かれたファイルに目が留まった。

『令和六年二月十五日、庶務費一千万円』と書かれた本社経理部に宛てた申請書だった。

〝庶務費一千万円!!　令和五年下半期に横浜営業所で一千万円も必要なOA機器の入れ替え作業なんてしたっけ？　それとも、事務所の移転？　何か大口の取引案件があって、そのための交際費か何か？　いや待てよ!!　横浜営業所の同期とたまに会うけど、そんな話全く聞いてなかったしなぁ……〟

俺はその当時の事を必死で思い出そうとしていた。

〝待てよ、そう言えば峰子が麗子の三枚目のＣＤを出すのに、確か……、一千万円かかったって言ってたよな。確かその頃、俺がネットで麗子の芸名について書き込みをしてた事をネタに本社人事にクレーム付けてたよな。まさか峰子がハイランド物産から金を引っ張った？　確かに峰子や麗子がそんな一千万円も持っているはずないし……。ちょうどその年の夏だったよな、峰子から俺に電話があったんも。もしかして、俺をダシにして……。もちろんうちの会社も峰子の調べは付いてるやろし……。でも、うちの会社もそんな簡単に話に乗るような会社やないしなぁ。かと言って一千万円なんて会社にとっては所詮はした金やし、損金計上したらどって事ないやろし……。でも、これ鈴本に聞いても、本当の事は言わんやろうし。聞くだけ無駄やし、俺も鈴本とはもう二度と関わりとうないし……〟

つまり、この一千万円の庶務費がいったい何に使われたのか？　それに関する明確な答えを俺は見つける事ができなかった。

ただ、ハイランドドレイコの三枚目のＣＤがオリコンランキングにチャートインして、また有線放送にもランクインしている事実があるので、少なくとも峰子は誰かしらから一千万円を出資させてそのＣＤの支払いに充てた事だけは想像できた。

その後、麗子と会う事はなかった。またこの先麗子がどのような人生を歩むのかも俺には想像がつかなかった。

〝麗子、お前とは二度と会う事はないだろう〟

俺は何となくそんな予感がしていた。

〝麗子、もしお前が本当にNKBに出たいのなら、お前、自分の力で出るしかない!! 本当にお前を応援してくれるファンを一からお前の力で生み育てるしか方法がない。ただキャンペーンに行っても、そこに来てる客はな、みんな付き合い、つまりな、損得勘定で来てるから、別に麗子じゃなくても構へんねん。あのな、どうしても麗子の歌を聴きたい、麗子を見たいっていう人を増やさんとあかんねん。と同時にな、麗子と一緒に仕事をしたい、麗子を使いたい。そう、一緒に仕事をしたい人に思わせなあかんねん。ほんでな、有名になればなるほど、麗子お前は好き勝手に生きていかれへんねん。誰かの為に、生きていかなあかんねん。大変やねん、有名になるっていう事は、後世に自分の名前を残すっていう事は!! 頑張れよ!! 麗子〟

俺はそう思った。

〝だって俺かって、エキストラを何だかんだ言っても三十年近くやってるんや。もちろんNKBに出た事もあるんや。松風淳と共演した番組で、商社の窓際ですと全国民の前で告白したけどな、後ろめたい事なーんもなかったんや、決して自慢できる事やあらへんけど……。確かにな、一流からは程遠いし三流以下かも知れへん。それでもこうして生きてきたんや、俺は俺なりに生きてるんや、な、そうやろ? ほんでな、自分の名前を少なくともカラオケの世界に残した人や、本名で!!〟

＊　　＊

ガラガシャーン!!

「谷田さん!!　大丈夫ですか」

「おい、早く、救急車!!」

俺の目の前が真っ暗になった。

その日、朝から小売店へのピッキングで、大忙しだった。その小売店は今までハイランド物産とは取引がなく、いわば初めての取引で、新店開店用の日用品を納入する準備の最中だった。

新店舗は一万八千平方米程あり、商圏三キロメートル以内のデイリーユースに応える店として、食料品及び日用品に力を入れた少し高級なブランド品を扱う店舗として、その取扱商品が、まさにハイランド物産の強化部門と一致していたので、日用品フロアの運営をハイランド物産が全て委託され、その物流センターとして羽村物流センターに白羽の矢が立ったのであった。

山田は、このプロジェクトを機に交替すると見られたがそうではなかった。

「あれー？　なんでですかねぇ」

俺は明子に聞いてみた。

「谷田さん？　知らないの？」

「えっ？」

「実は山田さんね、昔、日用品部門で営業してたてね、特にティッシュペーパー業界では彼の事を知らない人はいないぐらいすごかったのよ」

「………」

「特にグットライフと共同で開発したティッシュは紙の繊維一本ずつから肌ざわりの良さを追求したやつでね。谷田さんも知ってるでしょ。今では全世界中でベストセラーになっているのよ」

「そうなんですか。でも、なんで？」

「山田さんね、グッドライフの担当者と仲良くなりすぎたのね。仕入れに上のせした分をプールして、そのお金でよく業界関係者と飲んでたのよ。その頃はね、バブルが崩壊してうちも業績が苦しくてね。なかなか交際費が出なかったから、山田さんの苦肉の策だったんでしょうね。鈴本さんにそれを見つかっちゃってね……。て、訳なの」

「へぇー、そうなんですか」

「で、今回、うちが新店舗の日用品をやる事になったじゃない？　でもね、日用品が分かる人が誰もいないのよ、特に生産から流通までのね、だから、山田さんに白羽の矢が立ったって訳ね」

「そ、そうだったんですか」

明子からその話を聞いて、山田がなぜ仕事に厳しいのか？　そしてなぜ復権できたのか？　腑に落ちたような気がしたのだった。

「それに比べて俺は……」

「もしもし、佳代さんですか？」

「はい」

佳代は仕事が休みで、自分が近頃興味を持ち始めた『コスメライター養成講座』のテキストを読んでいた。

「ご主人が倉庫で事故に遭いました。急いで関東総合病院に来てください」

「事故？　関東総合病院？　分かりました」

佳代は電話の内容がよく解らなかった。

〝もう、今、せっかく気が乗ってきたのに。どうせ、新手のオレオレ詐欺かなんかでしょ。まぁ、いいや。どうせ、夜には帰って来るから、その時話を聞けばいいや〟

佳代は、その電話を無視して、引き続きテキストを読んでいたのだった。

「もしもし、谷田さんのお宅ですか？」

鈴本から電話があったのは午後八時過ぎだった。いつもなら、午後七時には帰って来るはずなのが、今日は帰って来なかったので、

〝どうせ、麗子の所にでも行ったのでしょ。本当、しょうがないわねぇ〟

と思い風呂に入ろうとしている時だった。

「はい、谷田です」

「奥さん‼　ご主人が……。ご主人が危ないんです。今すぐ、関東総合病院へ来てください」

「え、明日じゃ駄目なんですか？」

「お願いです、今すぐ来てください」

鈴本は懇願するように佳代に言って電話を切った。

俺は病院に運ばれ、緊急手術を受ける事になったが、脳挫傷と診断され、担当医師の説明では、重体で今夜を越せるかどうかという事だった。

もちろん俺は、床に頭を打ちつけた瞬間、目の前が真っ暗になったから、その後どうやってこの病院に運ばれたのか、いや俺が今どのような状態にあるのか知る事はできなかった。

もちろん周囲の声も全く聞こえなかった。

ただ目の前には真っ暗な闇が広がっていた。はるか彼方の遠くには、ぼんやりと向かって右半分に光のある世界が、左半分には暗黒の世界が広がっているのが見えているような気がした。

また俺の前には、うっすらと長子江よりも川幅のある、いや対岸がどこにあるのか分からない大河が、水らしきものが滔々と流れているが、どちらが川上か見極める事ができなかった。

そして、今、俺が佇んでいる岸から、錦帯橋のような橋が対岸に向かって架かっているのだが、その先がどのようになっているのか、さっぱり分からなかった。

対岸に、ぼやけて見える光のある世界には何となく摩天楼がいくつもそびえ立ち、神々しい様々な光を何重にも重ね合わせて明かりがその世界を照らしているように見える一方、光のない世界は文字通り真っ暗な世界で、何一つ見えず、あたかもブラックホールに引き込まれていくような感じのする世界だった。

目の前の川を行き交う人や物は何一つなく川の流れる音はもちろんの事、水一滴の音すら聞こえなかった。

また、橋を行き交う人は誰一人なく、ただ、無機質な木材と石から成り立った人が三人くらい通行できる頑丈な橋が遠々とその世界に向けて延びているのであった。

俺は橋を前にして、その橋の中央に立ちすくんでいた。

〝もう、戻れないんだ。もう、佳代の元へは帰れないんだ〟

それ以外の思いは何一つなかった。

「ありがとう」も「また一緒に暮らそう」「さようなら」といった言葉も何一つ思い浮かばなかった。

〝どこまで行くのだろう〟

ただ、この橋を渡るその先に終点があるのかないのか全く見当がつかなかった。

〝でも、一歩踏み出さなければ。いつまでも、この場所に止まり続ける事はないんだ‼〟

この二つの思いだけは、揺るぎないものとして俺の全てを支配した。

無言の圧力が俺の背中を強く押し始めた。

俺はできる限り必死で耐え続けた。

〝渡れ!!〟という圧が俺を突き飛ばした。

俺は、最初の一歩を踏み出した。

＊　＊

佳代が病院に着いたのは、午後十時を少しまわっていた。

「谷田さんの奥さんですか？」

「はい」

「こちらへどうぞ」

「はい」

佳代は、電話で鈴本にせかされてから、特に化粧もせず、とりあえず必要最低限の物だけ持ち、着のみ着のままで病院に駆けつけた。病院内は、消灯時間がとっくに過ぎて、非常灯だけがついていて、佳代と案内の医師のスリッパの音だけが院内に響いていた。

「主人は？」

「実はご主人なんですが……」

医師は無表情に淡々と言葉を続けた。

「倉庫棚から転落して、こちらへ運ばれて来たんですが……」

と言って、本日撮影した俺の頭のレントゲン写真を佳代に見せた。

「頭を強打していまして」

「こちらをご覧いただければ分かるのですが、頭蓋骨陥没でした」

「………」

「緊急手術を試みましたが」

「………」

「午後九時半でした」

「えっ、まさか!!」

佳代は医師が何を言っているのか全く理解できなかった。

「主人は？　今、主人はどこにいるのですか？」

佳代は焦る気持ちを必死で抑えながら医師に尋ねた。

「もう少しで司法解剖が終わりますので終わり次第ご案内します」

「司法解剖？」

「はい。今しばらく、こちらでお待ちください」

医師はそう言って部屋を出て行った。

「まさか？　文が!!」

「こちらへどうぞ!!」

時計は午後十一時半をまわっていた。

「文、起きて」

佳代は静かに声をかけた。

「何？　文、その白いハンカチ？」

「文、何寝てるの？」

「文、起きて、早く」

「文、今日、会社でしょ!!」

「文、だから起きてってば……」

「文、文、だから、だから」

「文!!　早く!!　起きて!!」

「文!!」

ウアァー。「文……」

佳代は周りを構わず大きな声で泣き叫んだ。

誰一人、それを止める人はいなかった。

時計の針が午前〇時を指した時だった。

「なんで、文は私に嘘をつかなかったの」
「だって、私より先に行かないでって、あんなにお願いしたのに」
「文、さようなら」

完

あとがき

「二刀流」という言葉は、才能に恵まれた優秀な人にある呼号だと思っていた。

そして、会社員になれば出世するのが当たり前でその為の「ハウツー本」が所狭しと書店に並んでいる。

しかし、現実には誰もが出世をする訳ではなく、多くの人達は日々の暮らしの中で自分の与えられた役割を果たしながら人生を全うしていくのだろうと思う。

そして、多くの人達は出世をしようがしまいが、後世に名を残す事なくこの世を去っていくのも事実である。

そのような人達の中に、一生懸命生きながらも仕事ができない「窓際社員」であるにもかかわらず、自分の居場所を見つけ、やりがいを感じて生きる事で、結果的に自分の「生きた証し」を後世に残すが大成しなかった人もきっといるはずである。

つまり、「二刀流」だが「どちらともダメジャン」という人なのである。

そのような人とは、どのような人なのだろうか？　そして、何を考え、どのように生きてきたのだろうか？

　もちろん人は一人では名を残せない。必ずその人は様々なステークホルダーと折り合いを付けながら生きていく。だからこそ、その人を取り巻く人達にもスポットを当ててみた時、一般常識では考えられないその人の「生き様」が見えてくるのではないかと思う。

「信念」と「情熱」を持って「一生懸命」生きていれば、どんな人も何かしらの「生きた証し」を残せる。それは、本当にちっぽけなものかも知れないし、自己満足の域を出ないかも知れないが「幸せ」とはそういうものだと思う。そして、最愛の人にだけは絶対に嘘をつかない事こそが「生きた証し」を残せる唯一無二の条件であると確信している。

「窓際社員は二刀流」を上梓するチャンスをくださった文芸社の高野氏と西村氏に感謝する。

著者プロフィール
白鳥 つばめ（しらとり つばめ）
1965年生まれ
大阪府出身
現在東京都在住
趣味は鉄道旅行で国鉄全線完乗済

窓際社員は二刀流

2025年2月15日　初版第1刷発行

著　者　白鳥 つばめ
発行者　瓜谷 綱延
発行所　株式会社文芸社
〒160-0022 東京都新宿区新宿1－10－1
電話 03-5369-3060（代表）
03-5369-2299（販売）

印刷所　株式会社エーヴィスシステムズ

ISBN978-4-286-26200-0